里尔克诗全集

第一卷　生前正式出版诗集　第二册

〔奥〕赖纳·马利亚·里尔克　著
陈　宁　译

涵芬楼文化 出品

图画之书[377]

（1902与1906年）

翻译底本

Rainer Maria Rilke, *Das Buch der Bilder*, Leipzig Im Insel-Verlag, 5. Auflage, 1913.

校勘版本

Rainer Maria Rilke, *Das Buch der Bilder*, Leipzig Im Insel-Verlag, 1920.

Rainer Maria Rilke, *Das Buch der Bilder*, Zweite sehr vermehrte Ausgabe, Berlin / Leipzig, Stuttgart: Juncker, 1906.

第一卷·第一部

开篇[378]

无论你是谁：黄昏时分走出
你熟知里面一切的你的房间吧；
作为最后一个，你的房屋在远方之前：
无论你是谁。
你的双眼，疲惫，勉强
从被踏破的门槛解脱出来，
用它们你缓缓举起一株黑色的树，
竖立在天空下：细长、孤独。
你造就了世界。世界巨大，
如尚在沉默中成熟的一句话[379]。
你的意志把握了它的意义，
你的双眼温柔地将它松开……

录自一个四月[380]

森林重放清香。
翻飞的云雀
托起让我们双肩感到沉重的天空；
透过枝丫，满眼白昼空茫，——
悠长的午后落雨而过
来临了斜阳金黄的

清新时刻，
逃离着，远处屋墙之上
所有受伤的
窗，惊恐地扇动着翅膀。

万物无声。雨珠轻悄
滑过石上安静幽暗的光。
所有喧阗，全然蜷伏
在嫩枝闪亮的花蕾上。

诗二首贺汉斯·托马[381]六十寿辰

月夜[382]

南德意志的夜，尽展在成熟的月色，
温馨如同所有童话的归来。
无数的时刻，从教堂钟楼沉沉坠落
落入夜的渊深恍如落入大海，——
一阵窸窣和一声巡夜的呼喝，
一瞬间沉默持续空茫；
一把小提琴（上帝知道来自何处）
苏醒，悠悠地述说：

一个金发女郎……

骑士[383]

骑士一身玄铠策马
而出，驰入喧嚣世界。

外面的一切是：白昼与山谷，
挚友与宿敌，花厅里的宴饮，
五月与少女，森林与圣杯，
上帝本人被数千次
放置在一切街道之上。

然而在骑士的铠甲里，
在最昏黑的搏斗背后[384]，
蜷伏着死，一定在思来想去：
何时陌生的
拯救之剑
会越过铁篱，
将我从藏身处
取出，我在里面已经度过了
这许多的屈膝岁月，——
好让我最终轻舒四肢

演奏，
歌唱。

少女之忧郁

我想起一位年轻的骑士，
恍若想起一句古老的箴言。

他来。就像时而降临幼林的
一场狂风，将你笼罩。
他去。就像大钟的祝福
时常将你孤独地留在
祈祷的中央……
你想在寂静中呼喊，
你却只是悄然垂泪，
泪湿你冷冷的丝帕。

我想起一位年轻的骑士，
他一身武装去往远方。

他的微笑轻柔优雅：
像旧象牙上的光，
像乡愁，像一场圣诞夜的雪

落在黑黑的村庄，像一块水苍玉
纯然被珍珠环围，
像月光
在一本心爱的书上。

关于少女[385]

1[386]

别的人必须走在通往
朦胧诗人的漫漫长路；
他们逢人就问，
是不是不曾见过有人歌唱
或者手抚弦琴。
只有少女不问，
哪座桥会通往图画；
她们只是微笑，明媚得胜过
留在银盘里的珍珠链。

她们生命中的每扇门
都通向诗人，
都通向世界。

2[387]

少女啊，诗人就是，向你们学习
说出为什么你们会寂寞；
他们学习生活在你们的远方，
就像在巨大的星辰旁
黄昏习惯了永恒。

你们谁也不要将自己交给诗人，
即使他的目光在恳请你们为妻：
因为他可能将你们只当作少女：
情感在你们的手腕中
会因锦缎而断裂。

让他寂寞在自己的花园吧，
那里他将你们像永恒一样接纳，
在他日日走过的路上，
在荫荫而待的长椅旁，
在悬挂琉特的房间里。

走吧！……天已暗。他的感官不再
寻找你们的声音和形影。
他爱道路的漫长空旷，
他爱黑黑的山毛榉下没有一丝白，——

他尤其爱哑寂无声的斗室。
……他听着你们的声音走远，
（在他疲于回避的众人中间）
然后：他柔情的思念痛苦着
因感觉到你们被许多人瞧看。

像柱之歌[388]

是谁，是谁这般爱我，爱我
而将自己可爱的生命捐弃？
如果有人为我殒身大海，
我就会从岩石中重返
生命，获救而得到生命。

我如此渴望汩汩的鲜血；
岩石却如此寂静。
我梦想生命：生命是好的。
就没有人有勇气
想要将我唤醒？

如果我终于有一天拥有生命，
那赐予我最金贵的一切的生命，——
—— —— —— —— —— —— —— —— —— ——

我就会孤独地
哭泣，哭求我的石身。
又能怎样，我的血葡萄酒一样红透？
我的血从海里唤不回
那个最爱我的人。

疯狂[389]

她一定总在想：我是……我是……
你究竟是谁，玛丽？
　　一个女王，一个女王！
　　在我面前跪下，跪下！

她一定总在想：我曾是……我曾是……
你究竟曾是谁，玛丽？
　　一个无依无助的孩子，穷得衣不遮体，
　　我无法对你讲出那时的样子。

你是从这样的一个孩子
变成了人人跪拜的女主？
　　因为一旦有人看见你乞讨，
　　事情就全都会变得不一样。

就这样事情让你变得了不起，
而你还会问在什么时候？

　　一夜，一夜，一夜之间，——
　　他们全都不一样地称呼我。
　　我出去走在街巷里就看见：
　　街巷好像绷上了琴弦；
　　于是玛丽变成旋律，旋律……
　　从这一边跳到那一边。
　　人们都害怕地悄悄溜走，
　　多么僵硬地靠在房子前，——
　　因为只有女王才可以
　　在街巷里跳舞：跳舞！……

恋女

是的，我思念着你。迷失中，
我从自己的手中滑落，
毫不希望自己怀疑
仿佛来自你那边的
真诚、不移、不易的东西。

……那时节：啊我是怎样的一个人，
无物把我呼唤，无物把我泄露，

我的寂静好像石头，
有小溪喃喃地流走。

而此刻，在这阳春三月，
有什么已慢慢将我折断，
使我离开那懵懂朦胧的华年。
有什么已将我可怜而温暖的生命
交付到不知是谁的手中，
而他并不知道我的昨天。

新娘

唤我吧，爱人，高声唤我！
莫让你的新娘这样久伫瑶窗。
古老的梧桐路上
黄昏不再醒：
道路空旷。

如果你不来用你的歌声将我
深锁夜房，
我就必定从我的双手
向湛蓝的花园
流淌……

寂静

你可听见，爱人，我抬起双手——
你可听见：窸窸窣窣……
寂寞的人哪个手势不是
因无数偷听的事物而出现？
你可听见，爱人，我合上眼睑，
而这也声声切切，一直抵达你，
你可听见，爱人，我再次抬起眼睑……
……可为什么你却不在这里？

我最细微的动作留下的印迹
在丝绸般的寂静里始终醒目；
我最轻微的活动不可磨灭地
印在远方张紧的帘幕。
我的一呼一吸之间升起又坠落了
星辰。
向我的唇飘来饮料的芬芳，
我认出那手腕，来自
遥远的天使。
只有天使我能想到：你
我却看不见。

音乐

你在吹奏什么，少年？它穿过花园
如众多的脚步，如低声的吩咐。
你在吹奏什么，少年？看呐你的灵魂
深陷在牧笛[390]的腔管！

为什么你要将你的灵魂诱引？乐音恰如囚牢，
它在里面耽搁，在里面盼望；
你的生命强壮，但你的歌更强壮，
啜泣着依偎着你的渴望。——

给你的灵魂一刻沉默吧，它就会
悄然返回到奔涌与众多，
它就会在里面生活，生长，开阔而聪颖，
在你强迫它进入你柔情的吹奏之前。

当它孱弱地扇动翅膀的时候：：
梦着的人啊，你就该将它的飞翔挥霍，
于是它的羽翼，被歌咏锯断，
不再背负它越过我的墙垣，
即使我呼唤它过来同欢。

众天使

他们全都口嘴疲惫，
明亮的灵魂没有边缘。
一个渴望（如在渴望罪）
有时在他们的梦中遍穿。

他们全都彼此形似神肖；
他们沉默在上帝的花园里，
如同许多，许多的间隔[391]
在上帝的权柄与曲调里。

只在他们张开翅膀时，
他们才是风的唤醒者：
上帝似乎以他宽大的
雕塑者之手，穿行
太初黑暗之书的书页。

守护天使

你是飞鸟，你的翅膀出现，
当我在夜里醒来发出呼唤。
我只用双臂呼唤，因为你的名

有一千个夜那么深，好像深渊。
你是阴影，我在里面静入睡乡，
你的种子在我心中虚构出每个梦，——
你是画像，而我是画框，
在光闪的浮雕中将你补充。

我当怎样将你称呼？我的唇已麻木。
你是起句，浩荡涌出，
我是迟缓忧惧的阿们，
将你的美胆怯地结束。

你时常将我从冥寂中拉出，
当睡眠于我像一座坟墓，
像遗失，像逃离，——
你将我从心之暗黑中托举，
想要将我在所有教堂钟楼升起，
像朱旗，像垂旒。

你：谈论奇事就像谈论知识，
谈论凡人就像谈论旋律，
谈论玫瑰，就像谈论燃烧着
发生在你目光里的大事，——
有福者啊，你将何时说出他的名，
从他的第七天也是最后一天里发出，

光一直还无望地停落在你的
翅膀的扇动上……
你在吩咐我，要我去问？

殉道女

殉道女是她[392]。冷硬的坠落
猛然
以利斧划过她的短暂青春，
美好的红项圈停落在
她的脖颈，这是她第一件首饰，
被她带着奇异的微笑接受：
但也只是带着娇羞承受。
当她入睡时，她的小妹[393]
（还是个孩子，用伤痕打扮自己，
那是压在她额头的石头留下的，）
定要用僵硬的胳膊搂着她的脖颈，
时常在梦里央求她：紧些，紧些。
有时这个孩子会突然想起
将带着石头图画的额头
隐藏到温柔的夜衣的褶裥里，
夜衣因姐姐的呼吸明亮地升起，
鼓胀如一面以风为生的帆。

正是这时刻，她们成为圣，
静静的少女和苍白的女童。

那时她们好像再次临对一切苦难，
她们可怜地睡去，没有丝毫荣耀，
她们的灵魂好像白色的丝绸，
两个灵魂因同样的渴望而颤抖，
为自己的英雄精神而恐惧。

可以想见：第二天晨光里
她们从床上起身，
她们，带着同样的梦着的神情，
走向座座小城条条小巷，——
没有惊讶在她们的身后，
没有窗吱呀作响在排屋，
没有窃窃私语在妇人们中传播，
也没有一个孩子哭喊。
她们身穿衬衣缓步穿过寂静
（平滑的褶裥没有丝毫光泽）
奇异地，但又无人感到惊异，
就像在走向庆典，但没有冠冕。

圣女[394]

人民身陷在焦渴中；因此这一位
并不焦渴的少女在走，走过
重重岩石，为全部的民祈祷求水。
细嫩的柳枝上没有丝毫预兆显现，
漫长的行走已经使她孱弱疲惫，
最后她想起的只是，一个人在受苦，
（一个病中的少年，他们二人
曾在黄昏时分对视，充满预感）。
那时青嫩的柳枝垂在她的双手，
焦渴地垂下，如同一只动物：
此刻柳枝吐蕊，飘行在她的血的上空，
而她的血汩汩，低行在柳枝的下面。

童年

流走着校园里漫长的恐惧和时间，
伴着等待，伴着完全发霉的事物。
啊寂寞，啊沉重的时间消磨……
于是向外张望：大街在闪亮脆响，
广场上喷泉喷溅，
花园里世界如此辽阔——。

走过这一切，身着小衣裳，
完全不同于其他人的在走和曾走——：
啊神奇的时间，啊时间的消磨，
啊寂寞。

然后向外张望这遥远的一切：
男人和女人；男人，男人，女人
和穿着彩衣与我们不同的孩子；
那儿有一座房子，时而是一条狗，
无声中更迭着惊恐与信赖——：
啊毫无意义的哀伤，啊梦，啊恐惧，
啊无底的深渊。

然后就这样游戏：球、环和圈
在一座温柔中渐渐褪色的花园，
时而和成年人擦身而过
因蒙着眼撒野在捉人的奔忙中，
但到了傍晚，迈着细碎僵硬的
脚步向家走去，无声地紧攥着——：
啊越来越多地潜逃着的理解，
啊恐惧，啊重担。

数小时跪在巨大、灰色池塘边，
池塘里有一只小小的帆船；

忘记那只小船，因为还有其他同样的
甚至更美丽的帆滑过层层漪涟，
不得不想起小小的惨白的
脸，下沉着在池塘里显现——：
啊童年，啊手中滑落着的比喻。
去了哪里？去了哪里？

录自童年[395]

黑暗在房间里如同财富，
房间里小男孩非常隐晦地坐着。
那时母亲踏入如在梦中，
一只玻璃杯颤动在静静的橱柜里。
她感觉到房间将她泄露，
她亲吻着她的小男孩：你在这儿？……
然后二人害怕地望向钢琴，
因为一些傍晚里她有一首歌，
孩子落入歌的里面，奇异地深。

他非常安静地坐着。他巨大的观看悬挂
在她的手上，她的手因戒指而彻底弯曲，
从宽大的白色琴键上走过，
好似艰难地从雪堆上走过。

少年

我愿成为一个他们那样的人，
驱驰野马穿行在黑夜，
手中的火把形同披散的发
飘飞在疾驰而成的大风里。
我愿身在最前仿佛身在一叶舢板，
高大地，仿佛一面漫卷的旗。
我黑暗，但头上一顶黄金盔，
在不安地闪光。列在我身后
十个汉子，出于同一个黑暗，
头盔，与我的一样，没有安宁，
时而亮如玻璃，时而黑暗，老旧模糊。
一个人在我身侧，用那发出闪电、
发出呼啸的军号，为我们吹出空间，
为我们吹出黑色的寂寞，
穿过这寂寞，我们疾驰如梦：
房屋在我们身后屈膝栽倒，
街巷在我们面前歪斜弯腰，
广场为我们让路：我们捉住广场，
我们的骏马蹄声似雨。

领受坚振者[396]

巴黎，1903年5月

头戴白纱，行走着领受坚振者，
深深走进花园新的绿色。
他们已经将自己的童年度过，
此刻来临的，将是别样的。

啊那么来吧！还不开始间休，
好等待下一次的钟声敲响？
庆典已经结束，房内一片喧哗，
更加哀伤地，流走着下午……

曾经一次起床，穿上白色的衣裳，
一次打扮的行走，穿过街巷，
一座教堂，里面清凉如丝绸，
长长的烛列，如林荫路一样，
所有的灯火，闪耀如华贵的首饰，
被参加典礼的目光凝望。

曾经一片寂静，因为歌咏已开始：
如云，歌咏在穹顶里上升，
在下落中变得明亮；比雨
更柔，歌咏落入白衣的孩童。

如在风中，孩童们白衣飘动，
衣褶之间，轻悄地五色纷呈，
里面恍然隐藏着鲜花——：
鲜花与飞鸟，繁星与形象，
啊久远的系列传说里的众多形象。

外面曾经是白昼，来自蓝色与绿色，
伴着红色在明亮处的一声呼唤。
池塘渐渐行远，荡漾着轻澜，
随风而来一次遥远的花开，
歌唱在花园，在迢递的城外。

曾经，万物似乎在给自己加戴冠冕，
明亮地站着，无限轻盈地披满阳光；
每个房屋的正面都有一个感觉，
无数的窗敞开，闪动着光芒。

晚餐[397]

他们这些惊惶失措的人，齐集
在他周围，他智者一般结束自我，
从自己属于的他们中带走自己，
陌生地从他们身边流过。

古老的寂寞临到他，
使他行事深沉；
此刻他将再次漫游在橄榄林，
爱他的人，也将从他面前逃离。

他召集他们来到最后的餐桌，
他（像豆荚丛中的鸟被一声枪响
惊起）惊起了他们放在饼上的手，
以一句话：他们或飞向他；
或惶恐地扑翅飞过圆桌，
找寻出口。然而他
无处不在，如暮霭时刻。

第一卷·第二部

开端

无限的渴望中升起
有限的行为，像孱弱的喷泉，
过早而战栗地弯垂。
但是，曩昔对我们隐瞒自身的、
我们欢乐的力——显现
在这些舞蹈着的泪。

说给入睡者[398]

我愿唱着歌催某人入眠，
坐着并停留在某人身边。
我愿将你轻摇对你轻唱，
伴着你睡眠出又睡眠入。
我愿成为屋里唯一一人，
并且他知道：昨夜寒凉。
我愿倾听入又倾听出
听你、听世界、听森林。
众钟鸣响着彼此呼唤，
于是看见了时间的底。
底下还在行走一个陌生的人，
惊扰了一只陌生的狗。

之后是寂静。我巨大地将
目光放置在你身上；
目光温柔地将你握住然后松开，
因一个事物正在暗中活动。

黑夜时的人[399]

黑夜并非为人群而造设。
黑夜将你与你的邻人分隔，
但你不该将他们寻觅。
如若你黑夜里点亮房间，
只为观看人的面孔，
你一定要考虑：是谁的？

光从人的脸上淋漓，
将他们扭曲得狰狞，
如若他们夜里聚在一起，
你就会看见一个摇晃的世界
在杂乱地堆砌。
他们额上黄色的光
挤走所有的想象，
他们目中闪动着酒，
他们手里悬挂着

沉重的手势，他们借以
在交谈之中理解彼此；
他们用手势说：我，我，
意思却是：任何一个。

邻人

陌生的小提琴，你可在追随我？
多少座荒远的城里曾经倾谈，
你的寂寞的夜向着我的？
奏响你的是千百人？还是一个？

所有巨大的城市里可有
这样的人，他们没有你
就可能早迷失已在江河？
为什么我总是遇到他们？

为什么我总是他们的邻人？
他们慌张地强迫你歌唱，
强迫你述说：生活更沉重，
重于一切事物的沉重。

Pont du Carrousel[400]

那个失明的男人，站在桥上，
苍灰如无名国度的一块界碑，
他或许是始终一样的事物，
被星辰时刻远远地环行，
他或许是天体寂静的中点。
所有人围着他，迷走、流淌、耀眼。

他是静止不动的义人[401]
被置于无数纷乱的道路；
他是下界的幽暗入口
临对一代浅薄的种族。

寂寞者[402]

像一个航行在异域之海的人
我置身于永恒的居留者中间；
充盈的日子立在他们的桌上，
对于我却是形象充盈的远方。

一个世界延伸进入我的视觉，
或许像无人居住像月球一样，

但他们却不让丝毫感觉孤独[403]，
所有他们的话语都有人居住。

我迢遥随身携带而来的事物[404]，
在他们的事物旁稀见而拘束——：
在辽阔的故乡它们是动物，
在这里却羞愧地屏住呼吸。

阿散蒂人[405]

Jardin d’Acclimatation[406]

没有想象来自陌生异邦，
没有情感来自棕肤妇女
当她们舞出垂落的衣裳。

没有野性而陌生的旋律，
没有歌曲从鲜血里发源，
没有鲜血在深渊里呼吁。

没有棕肤少女丝绒一般
伸展在热带的慵懒疲劳；
没有目光闪亮如同刀剑。

有口伸展成持续的大笑。
有一种神奇的迎合委曲
带着白人的虚荣与简傲。

而我却这般惶恐地望去。

啊动物们这般格外诚实，
它们铁栏里面上下逡巡，
它们不理解的事物新奇、
陌生、喧闹，它们无法融进；
如一团寂静的火焰，它们
悄然燃尽、沉落到自身里，
对新奇的冒险无动于心，
伴着自己的烈血，在孤寂。

末裔

我不拥有父辈的宅屋，
也不拥有什么可失去之物；
我被母亲分娩出来，进入
世界。
此刻我置身世界，走进
世界，越走越深，

拥有我的幸福，拥有我的痛苦，
孤独地拥有每一个事物。
然而我是一些人的继承人。
我的家族已经有三支繁衍
在森林里的七座城堡，[407]
开始对纹章心生厌倦，
已经太过古老；——
他们留给我的，我为古老财产
赢得的，已经无家可归。
死去之前，我不得不将它们保留
在我的手里、在我的怀中。
因为我移走什么，什么
就向世界里
掉落，
就像在一片波浪里
浮沉。

忧惧[408]

凋残的林中一声鸟鸣，
无意义地在这凋残的林中。
圆润的鸟鸣仍然静息
在创造它的瞬间，

宽广如这凋残的林上一片天空。
一切都顺从地将自己移入啼鸣。
整个大地无声地卧在里面，
大风也舒适地蜷靠在其中，
时分，试图继续下去，
惨白而静寂，似乎知道，
每一个人必将死于之物
已从每一个人身里爬出。

哀叹[409]

哦，一切何其遥远
而长久地流走。
我相信，这颗星，
我得到它的光芒的时候，
它已经死去了数千年。
我相信，这小船
从身边漂过的时候，
我听见有惶恐的什么在说话。
房屋里一座钟
鸣响着……
在哪座房屋？……
我愿从我的心走出

走在阔大的天空下。
我愿祷告。
而一切众星中有一颗
想必依然真实。
我相信，我能知道
哪一颗孤单地
持存过，
哪一颗如一座白色的城
在九天里光线的一端矗立……

寂寞

寂寞如一阵雨。
从大海升起，迎向黄昏；
从遥远而荒僻的平原
行向始终将它拥有的天空。
再从天空降落在城中。

雨落在晦明时分，
所有街巷向着清晨转身，
一无所获的肉体
失望而哀伤地彼此分开；
彼此憎恨的人

不得不在一张床上共枕：

寂寞行伴江河……

秋日

主啊，时候到了。夏已太大太长。
愿你的身影投落在日晷，
愿你在原野上把风释放。

吩咐最后的果实丰盈饱满；
再赐给它们两日更南方的白昼，
催促它们累累圆熟，驱赶
最后的甘甜进入琼浆醇酒。

谁此刻没有房屋[410]，谁就不再建筑。
谁此刻孤独，谁就将长久孤独，
就醒着，读着，写着长信，
在落叶飘零时分，
心绪不宁，徘徊在林荫路。

回忆

而你等待，等待着那一个，
将你生命无尽扩大的什么；
那大能，非凡，
那岩石的醒转，
那向你转身的渊深。

金色棕色的书
书架上忽明忽暗；
你回忆起曾经游历的国度，
忆起画像，忆起再次失去的女人
她们的衣裳。

于是你霎时明白：就是它。
你站起身，你的面前站立着
一段流逝岁月的
恐惧、形象与祈祷。

秋的尽头

一个时刻起我在看，
看一切是怎样变化。

某物产生、行动、
杀生、追悔。

一次又一次，一切
花园不是同一座；
浅黄又深黄
慢慢地衰落：
道路曾何其辽远。

此刻我置身虚空，
望穿一切林荫路。
我几乎可以看见：
从阻止我看的、凝重的
天空，直到遥远大海。

秋

叶在坠落[411]，如坠落自迢远，
似乎遥远的花园在天上凋残；
叶在坠落，带着否定的姿势。

夜夜坠落的，是沉重的地球，
从一切众星之中落入寂寞。

我们都在坠落。这只手坠落着。
看你的另一只手：在一切坠落中。

但仍然有一位，将这坠落
无限温柔地用双手接握。

在夜的边缘[412]

我的陋室与这辽阔
守望着入夜的大地，——
是一体。我是一根琴弦，
在轰响中宽广的
共鸣之上张紧。

事物是小提琴的琴身，
被唧哝着的黑暗充满；
里面女人的哭泣在梦，
里面睡眠中整代人的怨怼
在动……
我当
银色地颤动：然后一切
就将在我的身下震颤[413]，
什么在事物里迷失，

什么就将追求那道光，
来自我舞蹈着的乐音，
天空波涌在周围的那道光，
正穿过狭长、感伤的缝隙
向亘古的
无尽深渊
落去……

祈祷[414]

夜啊，寂静的夜，你之中交织着
全然白色、红色、多彩的事物，
散落的颜色，被提升成为
一丝寂静、一片黑暗，——也将我
也将我同那些你征服、说服的
众多之物关联在一起吧。难道
我的感官还在过分地游戏着光？
难道我的面孔
还会依然不断扰乱地从对象中
显现？判断我的手吧：
我的手停在那里不正像工具和事物？
戒指不正朴素谦逊地停在
我的手上，光不正完整地、

充满信赖地浮在我的手边——
我的手似乎是道路，被照耀着，
别无其他岔路，除了在幽暗中？……

进步[415]

我深沉的生命再次更高声喧响，
似乎此刻正奔涌在更宽广的岸。
我感觉到事物开始越来越亲密，
所有的图像也开始越来越可观。
我越加信赖地感受着莫名之物：
凭借我的感官，如同凭借飞鸟，
我从橡树林中直抵风舞的天空，
我的感觉，沉入池塘被中断的
白昼，如同立在群鱼之上。

预感

我如一面被远方包围的旗。
我预感到来临的风，我必须将之生活，
而此时下面的事物依然不曾活动：
门依然温柔闭锁，烟囱一片静寂；

窗依然不曾颤抖，尘埃依然沉重。

此时我已知晓风暴，我激动如海。
我展开自己，我落入自己，
我掷出自己，我全然孤独
在这大风暴里。

风暴

当重云，因风暴的冲击，
疾行：
一百日的天空
笼罩了一日——：

我就感受到你，盖特曼[416]，远远地
（你意欲率领
你的哥萨克成为
最伟大的主人）。
你平行地面的脖颈，
就被我感受到，马泽帕[417]。

我就也被捆绑在疾驰之上，
后背烟雾腾腾；

一切事物在我眼中都已消失，
只有层层天空我能辨清：

被遮暗，被照亮，
我平展在天空下，
如平原在平展；
我的眼张开如池塘，
里面逃逸着同样的
飞翔。

Skåne[418]的黄昏

庄园巍峨。如同步出房屋
我步出庄园的暮色，步入
平原与黄昏。步入风，
感受同样的风的，还有云、
粼粼的河水与风车，
风车缓缓碾磨着，兀立在天边。
此刻我也是风手中一个事物，
这层层天空下最渺小的。——瞧：

这是一片天吗？：
福佑的浅蓝，

里面涌入越来越纯净的云，
下方是过渡中的所有的白，
上方那稀薄的、大块的灰，
仿佛炽热地沸腾在红的底色之上，
而在这一切之上，是沉落中的太阳
静静的照射。

神奇的建筑，
在自身中活动，被自身阻留，
塑造着人形、巨翼、皱褶，
还有第一颗夜星之前的崇山危峰，
突然，那里：一道门出现在远方，
那远方或许唯有飞鸟认识……

黄昏

黄昏在徐缓地更换件件衣裳，
老树的边缘为它将衣裳捧握；
你看见：大地正在与你分手，
一半向上升天，一半向下坠落。

留下你，完全不属于任何一半，
不完全这般黑暗如缄默的房舍，

不完全这般确信地对永远誓言
如那个，星辰夜夜化成而升起的。

留给你（无以言说地去拆解理清）
惶恐、浩大、正在成熟的你的生命，
于是你的生命时而外限，时而内含，
交替在你身内化为岩石与天星。

严肃的时刻[419]

谁此刻在世界上某处哭，
无端端地在世界上哭，
在哭我。

谁此刻在黑夜里某处笑，
无端端地在黑夜里笑，
在笑我。

谁此刻在世界上某处走，
无端端地在世界上走，
走向我。

谁此刻在世界上某处死，

无端端地在世界上死，
在看我。

诗节[420]

有一位，他将众生握于手中，
使众生如沙从他指间流过。
他选出王后中至美的一个，
让她进入白色的大理石中，
静静躺卧在披风的旋律里；
他用同样的石料塑造国王，
摆他们在他们的妻子身旁。

有一位，他将众生握于手中，
使众生像劣质的剑一样断折。
他并非陌生人，他安居于血，
血是我们的生命，或噪或静。
我无法相信他行事并不公正；
但我听到许多人谈论他的恶。

第二卷·第一部

开端

始终赠与你的美吧
没有算计和言语。
你沉默。美则代你述说：我在。
请到来，以千倍的意义，
到来，最终超越每个个体。

圣母领报[421]

天使之言

你并不比我们离上帝更近；
我们全都离他遥远。
但你的手奇妙地
因此蒙福。
如此成熟的手妇人中没有，
如此闪光的手伸出衣袖：
我是白天，我是白露，
而你是树。

现在我已衰弱，我的路遥远，
赦免我吧，沉思中的你，
我忘记了坐在金镶玉嵌中

如坐在阳光中的
至大者让我预报给你的事，
（空间使我迷惑）。
看呐：我是正在开始的，
而你是树。

我张开我的翅膀，
我变得宽阔出奇；
现在你的小屋被盖满，
被我大大的长衣。
然而你却从未如此
孤单，几乎不看我一眼；
就这样：我是幼林里的薄雾，
而你是树。

天使全都如此害怕，
全都互相放手：
渴盼还从未如此，如此
毫无把握而又强烈。
或许，你在梦中领受的
很快就要显现。
我问你安，我的灵看见：
你已经预备好、已经成熟。
你是一道高大的门，

很快就要打开。
你啊，我的歌曲的至爱的耳，
现在我感到：我的话消失
在你内如在林内。

所以我到来，来成就
你的一千零一个梦；
上帝在看我：他会使我目眩……

而你是树。

三王来朝[422]

宗教传奇

从前，在旷野边缘
主的手张开
像果子在夏天
预报自己的果核，
于是有了一件奇事：远远地
三位王与一颗星
互相认出互相问候。

三位王正在路上，

一颗星名叫处处，
他们全都在走（想想吧！）
右边一位王，左边一位王
前往一个寂静的马厩。

他们还有什么没带向
伯利恒的马厩啊！
每一步都叮当作响声传远方，
那位胯下一匹黑马的，
舒适懒散，天鹅绒般柔软；
行在他右边的那位，
是一个金人；
而在他左边的，开始
左摇右摆
叮叮当当，
挂在一串圆环上摇晃着的
一个圆形的银制东西
冒着全然蓝色的烟。
于是名叫处处的星
笑他们如此离奇，
它跑过他们，停在马厩前，
开口对马利亚说：

我带来一个旅行见闻，

来自许多外国人。
三位大有权柄的王
带着黄金与红璧玺，吃力、
蒙昧、幼稚、异教徒一样，——
愿我还没有太被吓到。
他们三个人，家里都有
十二个女儿，却一个儿子也没有，
所以他们来恳请你的儿子
做他们蓝天上的太阳，
慰藉他们的宝座。
但是你一定不要同样以为：
你儿子的运数仅仅就是
做一个星耀王和大教长。
你想啊，道路遥远漫长。
他们长久漫游，形同牧人，
这段时间里他们成熟的国
天晓得已经落入谁的手。
他们到这里的时候，西风一样温暖，
是他们耳边公牛的喘息，
他们大概已经全都一贫如洗，
就像没有了头脑。
所以呐用你的微笑
照亮他们三位的昏聩吧，
将脸面转向

台阶和你的孩子；
放在那里用蓝色带子捆扎的，
是每个人留给你的东西：
红玉和绿宝石，
还有水苍玉的山谷。

在Certosa[423]

每一位白衣兄弟会[424]里的人
都在种植中将自己托付给自己的小花园。
每一片花畦上凝立着，每个人的未来。
其中有一位，在隐秘的狂傲中切盼
五月的时候
这些狂热的花会启示他
他的被压抑的力量的一个兆象。

他的双手托着他黧黑的头，
仿佛疲惫孱弱，他的头沉重，因为汁液
正按捺不住地在黑暗中翻滚；
他的法衣，羊绒的，胀满着皱折着，
垂到他的脚边，紧紧绷在
他的胳膊周围，他的胳膊，形如坚实的树干，
支撑着他犹在梦着的手。

没有“Miserere”也没有“Kyrie”[425]
他年轻圆润的声音意欲拖声唱出，
更没有诅咒他的声音意欲回避；
他的声音不是小鹿。
他的声音是骏马，口含衔铁人立而起，
越过篱墙、山冈与阻挡，
意欲驮着他，行长远而确定的路，
意欲驮着他，全无鞍韉。

但是他坐着，沉沉思索中
粗大的手腕几乎折断，
思想让他感到这样的沉重，越来越重。

黄昏来临，黄昏是温柔的归者，
一阵风起，道路变得更加空旷，
而片片阴影也聚集在山中深谷。

如一叶扁舟，摇荡在缆绳上，
花园变得隐隐约约，悬挂在
喧嚣的暮色里，因风而摇曳。
谁来放开它？……

这位兄弟如此年轻，
而他的母亲已经死去很久很久。

他只知道：他们都称她La Stanca[426]；
她是一只玻璃杯，光滑透明。被许给
一个人，被那人酗酒之后打碎，
如瓦罐一样。

那个人就是他父亲。
他当工匠
在红色大理石场混口面包吃。
Pietrabianca镇[427]里每个产妇
都惧怕他会在夜里咒骂着
经过她们的窗将她们恐吓。
他的儿子，他在困窘的时候
奉献给了Donna Dolorosa[428]，
此时正沉思在Certosa的拱廊内院，
沉思着，仿佛被浅红的气味簌簌围裹：
因为他的花全都红艳地盛开。

末日的审判[429]

录自一位修士的日记

他们全都将从浴池里走出一样
从腐朽的墓穴里复活；
因为他们全都信奉再见，

他们的信奉令人恐惧，没有悲悯。

轻声些，主啊！可能会有人以为
你的国的号[430]在恩召；
号声深及一切深渊：
一切时间都从石头里升起，
一切失踪者全都现身，
他们裹着干枯的裹尸布，骸骨龟裂，
因身上泥土的沉重而歪斜。
这将是一次奇妙的回归
归向一个奇妙的故乡；
那些从不认识你的，也将呼求，
也将渴求你的尊大如渴求权柄：
如饼与酒[431]。

全察者啊，你认识这幅狂野的画，
这是我在我的黑暗中战栗着创作的。
一切都穿过你而到来，因为你是门，——
消失在我们的里面之前，
一切都曾经在你的面孔上。
你认识这幅关于浩大审判的画：

那是一个清晨，却出自一道
你成熟的爱从未创造出的光，

那是一阵轰响，并非出自你的恩召，
一瞬颤抖，并非因神性的离弃，
一阵摇摆，并非在你的天平上。
那是一片窸窣，一场匆忙收拾
在一切崩裂将倾的大厦，
一次自我补偿，一次自我挥霍，
一次自我交媾，一次自我呆视，
一切古老喜悦的一次触摸，
一切欲望枯萎的回归。
如伤口一样迸裂的教堂上空，
你从未创造的黑色的鸟，
行列沸乱，往复迁飞。

就这般在搏斗，那些长久休歇者，
他们露出牙齿彼此撕咬，
他们变得忧惧，因他们不再流血，
他们在寻找，在眼杯开裂之处，
用冰冷的手指寻找死去的泪。
他们变得疲惫。他们的清晨之后
寥寥数分钟黄昏就骤然降临。
他们变得严肃，听任自己孤独，
他们预备好在风暴中飞升，
好在你的烈怒的昏暗之滴显现
在你的爱的晴朗之酒里的时候，[432]

靠近你的审判。
于是开始了，巨大的呼号之后，
开始了超巨大的令人恐惧的沉默。
他们全都如面对黑色的重门一样
坐在一道光里，那道光在他们身上
洒满无数刺眼的斑点如同洒满脓疮。
黄昏不断增长着，变得苍老，迟晚。
而后，黑夜大块大块地掉落，
落在他们的双手，落在他们的脊背，
他们的脊背摇晃着背满黑色的重负。
他们久久等待。他们的肩膀
因重压而摇荡，如同幽暗的海，
他们坐着，如同陷入沉思，
但却一片虚空。
为什么他们以手支额？
他们的大脑塌陷、褶皱，
在大地的某一深处思索：
老迈苍苍的大地在苦思，
于是地上的大树飒飒有声。

全察者啊，你可想起这幅惨淡的
令人惶恐的画？这幅画，与
你意志中的那些画无一相同。
你就不惧怕这座死寂的城吗？

这座城，像一片枯叶挂在你身上，
却意欲升高，成为你烈怒的预兆。
啊，拦住一切日子的车轮吧，
不要让日子太快地临近终结，——
或许你还成功地避开
你我共睹的巨大沉默。
或许你还会从我们中举起一个，
让他接受这可怕的重生
所蕴含的意义、渴望与灵魂，
他，尽管愤怒从他的心底发出，
却依然欢喜地泳游过一切事物，
他是力量的无忧无虑的消耗者，
奏出自己在小提琴一切的弦上，
安然无恙地他作为无人知晓的下潜者，
下临到一切亡者中间。
……否则，你指望怎样承受这一日？
这比一切日子加起来还要长的一日，
伴着它的沉默令人恐怖的歌曲，
在众天使恰如疑问
以令人毛骨悚然的翅膀扇动
将你簇拥的时候。
看呐，他们颤抖地悬挂在翅翼上，
以十万只眼睛向你哀叹，
他们温柔的爱的歌声不敢

从无数杂乱的过门句里
高升成为清越的乐音。
那些须髯浓密的老者，
本该为你的全胜出谋划策，
却只是轻摇他们的白头，
那些为你哺乳过儿子的妇人，
那些被你的儿子诱骗、与他同行的人，
一切将自己应许给你的儿子的童女[433]：
你幽暗的花园里那些明亮的桦树，——
如果他们全都沉默，还有谁来帮助你？

也许只有你的儿子会升上去，进到
那些坐在你宝座周围的中间。
然后你的声音会铭刻在他的心里吗？
然后你寂寞的痛苦会说
儿啊！
他曾呼求审判，呼求
你的审判、你的宝座，
然后你会找寻着他的面孔，说：
儿啊！
然后，父啊，你会吩咐你的继承人
由抹大拉的马利亚悄悄陪伴[434]
下临到那些人，那些
切望再次死去的人吗？

这会是你最后的圣诏、
最后的恩宠、最后的恨恶；
然而然后一切将安息：
天国、审判和你。
世界之谜被遮掩了这般
久长，它的一切袍服
将伴着这�院带一并滑落。
……然而我害怕……

全察者啊，看呐，我是何等害怕，
量度我的苦楚吧！
我怕你久已成为过去，
当你第一次
凭着你的宰制一切
看到你无助地靠近的
关于这苍白的
审判的图画的时候，全察者啊，
你可会逃离？
向何处？
无人
会比我更信赖地
走向你，
我不会
为了报酬

出卖你，就像所有那些虔信者。
我只会，因为我已扭曲，
我疲惫如你，或许更加疲惫，
因为我对巨大审判的恐惧
与你的恐惧一样，
我会紧密地
脸贴着脸，
将你追随；
借着统一在一起的力量
我们将阻挡巨大的车轮，
那隆隆声响阵阵喷气的
大水所漫过的车轮——
因为：哀哉，他们将复活。
他们的信奉就这样：巨大而没有悲悯。

瑞典王卡尔十二[435]纵马乌克兰

传奇里的王
就像黄昏里的山。令每个
他们转身面对的人目眩。
他们腰间的带
他们披风沉坠的边
价值国家与生命。

他们装饰华贵的手
握着细长的出鞘的剑。

* * *

一位来自北方的年轻的王
战败在乌克兰。
他痛恨春天和女人的秀发，
以及竖琴和竖琴讲述的一切。
他骑着一匹灰色的马，
他的眼睛灰色地看，
从来不曾渴求过
女人玉足的光。
没有女人在他眼中是金发，
没有女人得幸献吻于他；
发怒的时候，
他就从奇美的头发上
扯下一颗珍珠月。
悲哀向他袭来的时候，
他就驯服一个宫女，
追究她收了谁的戒指，
她的戒指给了谁——
然后：带着百条恶犬
将她的新郎猎杀。

他离弃了他灰色的国，
寂然无声的国，
他向着抵抗策马，
他为了危险战斗，
一直战到被奇迹所击败：
如在梦游，他的手
从铁带穿过铁带，
里面却没有剑；
他惊醒而起四下张望：
美丽的鏖战迎合了
他的固执。
他端坐马上[436]：他的觉察不放过
周遭丝毫的神色。
银光闪闪地环对着环说话，
声音就在每个事物的里面，
每个事物的灵魂仿佛
都悬在无数的钟里。
风也别样的大，
那跃入旗帜的风，
矫如黑豹，喘息着，
跌跌撞撞地，因军号的急吹，
军号的急吹高笑着与它搏斗。
而风也时而附身抓去：
这时走来一个血人，——一个少年，

击鼓的少年；
他带着鼓，一直来来回回，
就像带着自己的心进入坟墓，
在自己死去的军团之前。
这时许多山被握成团，
似乎大地依然不老，
刚刚开始形成；
时而剑耸如玄武岩，
时而剑摇如夕暮林，
伴着剧烈动荡的堆积
宽阔升起的形影。
沉沉地雾腾腾了的是黑暗，
但暗去的并非时间，——
一切都变成灰色，
一块新柴落入，
于是火焰再度宽广，
熊熊炽旺。
他们进攻了：装束奇异的
一大群奇想中的外省人；
所有剑都骤然放声高笑：
因一位银光的王公[437]，
黄昏之役开始闪耀。
旗幡招展如同喜悦，
所有人都王侯一样

用旗幡的姿态挥霍，——
远处火光冲天的建筑旁
天上的众星熊熊燃烧……

已是黑夜。鏖战缓缓退去
如同一片疲惫的海，
带来无数异国的死者，
每一个死者都沉重。
警觉谨慎，灰色的马
（被无数巨大的拳阻止着）
穿过那些汉子，身死异国的汉子，
踏上平坦的、黑色的草地。
那在灰色的马上骑坐的，
看见脚下湿润的颜色上
无数的银光如同破碎的玻璃。
看见铁甲在枯萎，头盔在酣饮，
看见刀剑立在铠甲的缝隙里，
看见垂死的手向他招摆，
拿着一片破碎的锦缎……
什么也看不见。

骑行在野战的
喧嚣之后，似在信步闲行，
他的双颊充满温暖，

他的双眼充满恋情……

儿子

我的父亲是被黜的
王，来自大海彼岸[438]。
曾经一个使者到访：
使者的大衣是黑豹，
使者的剑是沉重的。

我的父亲一如既往
不戴头盔不穿银鼬皮；
房间一如既往贫穷地
在他的周围暗去。
他的手在颤抖，
苍白而虚空，——
投向没有图画的墙
是他没有目光的凝望。

母亲走在花园里，
白色地徜徉在绿色中，
她想等待风的来临
在夕阳灼红之前。

我梦想她对我发出呼唤，
但她却独自离去，——
留下我在楼梯的边上
倾听马蹄声远，
于是我走进屋：

父啊！那个外国送信的……？
那个再次策马风中的……
他想要什么？他来确认
你的金发，我儿。
父啊！他的装束怎么那样！
他的披风怎么那样飘垂！
千锤百炼、嵌玉镶金的
是他的肩、他的胸、他的马。
他是声音，在宝剑里，
他是男人，来自黑夜，——
但他带来了一顶
窄小的王冠。
每行一步，王冠都撞响
在他特别沉重的剑上，
王冠中央的珍珠
价值无数生命。
因恼怒的抓握，
常常掉下来的

冠箍，已经扭曲：
那是一顶童冠，——
因为国王们没有；
——将它赐给我的头发吧！
我想偶尔戴它
在夜里，满面羞白。
我想告诉你，父啊，告诉你
这个送信的来自何处。
那里的东西价值几多，
是否城池坚如磐石，
是否有人在帐篷里
已经将我等候。

我的父亲是位受伤的人，
只懂得一点点休息。
他听着我，
整夜蒙住额头。
我的发上戴着头环。
于是我紧贴着他轻轻地说，
母亲没有醒来，——
母亲也想要这同样的头环，
所以她，全身素白、神情冷漠，
在薄暮的色块前
走过黑暗的花园。

*　　*　　*

……就这样我们成为耽梦的小提琴手，[439]
悄悄跨出房门，
只为在祷告之前察看，
是否某个邻人在偷听。
在所有人都散去之时，
在最后一声晚钟背后，
我们才将歌曲演奏，我们背后
（就像喷泉背后风中的森林）
黑暗的琴箱在鸣响。
因为只有声音是好的，
当沉默将我们陪伴的时候，
当琴弦的交谈背后
余音缭绕仿佛来自热血的时候；
因为时代只有惶恐而无意义，
当时代的虚荣背后
不是什么静息之物在主宰的时候。

忍耐吧：轻悄的表针在旋转，
什么曾经被预言，什么就将兑现：
我们是沉默者之前的耳语者，
我们是幼林之前的青草地；
草地里行进着依然晦暗的嗡鸣——

（有无数声音却没有一个和音）
我们正在做准备，为那片喑哑、
深沉而神圣的幼林……

沙皇

组诗（1899与1906年）

1

曾经众山显现的日子里：
尚未驯化的林木惊立如马，
江河咆哮着，升入甲胄。
两个异乡朝圣者呼唤着一个名字，
于是从漫长的瘫痪中苏醒，
伊里亚[440]，穆罗姆的巨人。

年迈的双亲在田间
除石，除疯长的野草；
儿子，因复苏而到来，高大伟岸，
强迫垄沟进入犁的恐惧。
他举起如兵士一样站立的树干，
他讥笑树干摇荡的重量，
树根，惊起如黑色的蟒，

曾经只识黑暗，如今蜷曲
在光宽张的利爪下。

因晨露而恢复强壮的驽马，
力量与高贵在血脉中苏醒；
成熟，在骑者的沉重下，
嘶鸣，深沉如一声歌音，——
马与人共同感受到，宿命
以预言中的危险在召唤。

驱驰，驱驰……或许是千年。
谁能数清时间？纵使有人曾想。
（或许他也静静坐了千年。）
真实恰如神异：
以自我的尺规量测世界；
数千岁也让他感到太年轻。

即将迤逦行远，那些久坐
在自己渊深的晦明中的人。

2

巨鸟依然在恐吓四方，
群龙吐焰，处处守护着
森林的奇迹与山谷深壑；
少年人不断增多，男人们
互相傅油，誓与夜莺开战。[441]

夜莺在九棵橡树的树冠之上
露宿，如一只千倍大的野兽，
每到黄昏就传出无与伦比的尖叫，
一声尖叫着的直—至—尽—头，
终夜不停地从它的体内发出；

春夜，比一切都更恐怖
更艰难、更令人惧于承受：
四周没有一丝突袭的预兆，
一切依然充满着越过，
栽落在地，一段一段地屈服，
那蔓延着的某种的东西，
依然在求告，浑身震颤，
在那里沉没，如一艘船。

这些就是超强者，他们存留下来，

火山口一样的喉咙里冒出的
巨物未曾将他们消灭；
他们幸存下来，衰老中
渐渐领悟了四月的忧惧，
他们镇静的手执掌着众人，
引领着众人穿过恐惧与不幸，
走向新时代，于是更欢乐更康健，
众人在城的创立者周围建起城墙，
创立者们在一切之上谙练地端坐。

最后出现在第一条街道上，
从巢穴与可憎的圈套里脱身的
动物，它们曾被视作无情。
它们静静地爬出它们的过量
（蒙羞而过时的权力）
顺从地卧在长老们的面前。

3

他[442]的侍从们以越来越多的东西
喂养来自野生流言的狼群，
流言是“他”，一切是“他”。

他的宠臣从他面前逃遁。

他的女人们窃窃私语，各建
同盟。他听见她们全在
宫闱深处与胆怯四顾的
侍女们谈论毒药。

所有的墙是空心的，布满橱柜和抽屉，
凶手们蜷踞在屋顶下，
扮演成修士，技艺精湛。

而他却没有什么，除却偶尔
一瞥；除却脚步
悄暗在螺旋扶梯；[443]
除却坚铁在他的权杖[444]。

没有什么，除却悔罪的苦衣
（透过苦衣，寒冷从地面
爬上他的身体，指尖爪利）
没有什么，他胆敢呼唤，
没有什么，除却恐惧这一切，
没有什么，除却日日恐惧一切人，
他们追逐他，穿过被追逐的
脸，沿着黑暗中未被讯问的

或许充满罪的无数的手。

有时他抓一个人在走廊，
刚好抓在外袍的褶裥上，
于是他恼怒地将那人拖过来；
但是在窗下他却不再知道：
谁是抓握者？谁在被抓握？
我是谁？这是谁？

4[445]

正是此刻，帝国虚荣地
以自己的光芒为镜，照见自己。

苍白的沙皇，家族的最后一员，
梦在王座里，前方正在举行庆典，
他羞惭的发悄悄颤抖，
他的手，在紫红的扶手上
带着一种游移不定的渴望
逃入纷乱的无以确定。

围着他的沉默，波雅尔们躬身施礼，
盔明甲亮，黑豹皮为氅，

如同无数来自异邦王公的危险，
他们围着他，带着喑哑的不耐烦。
向着大殿深处，他们敬畏的波涛奔涌。

他们回忆起另一位沙皇[446]，
时常语出疯狂，
将他们的额头撞在石头上。
就这样继续回想：那一位坐在
王座上，靠垫委顿的天鹅绒里
不会空出这许多的空间。

他是事物黑暗的尺度，
波雅尔们已经很久不再记得
王座的座面是红的，他的王袍
沉沉地垂下，金色地宽广。

他们继续回想：皇袍
沉睡在这位少年的肩头。
虽然整座大厅火把闪烁，
但珍珠却惨淡无光，排成七行，
白衣孩童一样，围跪在他的脖颈，
袖口上的红宝石，
曾是酒杯，因酒而清澈，
如今却黑如炉渣——

他们的回想在膨胀。

苍白的皇帝被猛烈地拥挤着，
他的头上皇冠越来越轻，
他的意志让他感到越来越陌生；
他微笑。赞美者在高声考验他，
他们的鞠躬在贴近，他们的阿谀更加嘶哑，
剑已在梦中开始铿锵。

5

苍白的沙皇不会死在剑下，
异样的渴望使他神圣不可侵犯；
他将继承庄严的帝国，
柔弱的灵魂将因之病悴。

此刻更是，走到克里姆林宫的窗前，
他看见一个莫斯科，更洁白，更无涯，
被编织进他最终完成的夜；
当桦树的气息在街巷中
完全因晨钟而震颤的时候，
恍若置身在第一个春忙里。

这些巨大的钟，庄严地鸣响，
是他的先祖，那些最初的沙皇，
尚在鞑靼人时代之前
在传说、冒险和危险中，
在愤怒和屈从中犹豫地兴起。

忽然他明白他们是谁了，
他们时常为自己幽暗的思想
向他独有的深心里下潜，
将他，尊贵中的最低微者，
用他们的行动大量而虔诚地消耗，
早在他的开端以前。

于是一分感恩袭向他，
感谢他们将他这般慷慨地交付给
一切事物的渴求与欲求。
他是使他们得以充溢的力量，
他是黄金的背景，他们宽广的生命
在他前面充满隐秘地暗去。

在所有他们的事业里他望见自己，
就像镶嵌在装饰物里的白银，
他们的行动里没有一个行动
不曾存在于他寂静的众国，

一切行为的红在他的国里褪去了颜色。

6

依旧一直凝望在银版中[447]，
蓝宝石仿佛女人幽深的眼眸，
黄金藤彼此缠绕，仿佛纤柔的动物，
在发情期的光芒里结合，
温润的珍珠在野性形体的阴影里
等待，等待一线微光将它们
静静的脸找到复又遗落。
这是披风、光冕和国度，
一丝微动从一边流向另一边，
如谷粒在风中，如溪流在山谷，
交替闪动着光，遍行画框墙。

三个椭圆在自身的阳光里暗去：
大的给予母亲的容颜以空间，
左右从银质的衣边中举起的，是
带有光轮的纤细的处女之手。
这两只手，罕见地寂静而棕色，
宣谕着君王一样的女性
安居在无价的圣像里仿佛在修道院里，

她将被盈满，被那位儿子，
被那颗液滴，液滴里无云地
湛蓝着从未被指望过的天空。

两只手依然在为此做证；
但面容却仿佛一扇门
在温暖的晦明里敞开，
微笑在悲悯的面颊上
带着光，迷惘中渐渐消失。

于是沙皇深深施礼然后说：

　　你没有感到我们是怎样向你强求
　　所有的情感、恐惧和渴盼吗；
　　我们在等待你慈爱的容颜，
　　它离我们而去，去往了何方？

伟大的圣人们，它却并不离弃。

他震颤在浆硬的袍服深处，
袍服光耀四射。他不知道，他
离开一切有多远，寂寞中
离她的赐福又蒙福地有多近。

依然在冥思又冥思，苍白的戈苏达。
他的脸，在病恹的头发下
早已深沉，仿佛已经离去，
如黄金椭圆里的那张脸一样，消逝
在他宽大的黄金的法袍里。

（为了与她的容颜相遇。）

两件黄金衣袍在大殿里烁闪，
在挂灯的光里变得清澈。

歌者在王侯之子面前歌唱[448]

念褒拉・莫德松－贝克尔

你啊苍白的孩子，每到黄昏
歌者就会朦胧地站在你的什物旁，
就会带给你铮铮在烈血中的传奇，
他的声音是桥，
一张竖琴，盈满他的双手。

他讲给你的，并非来自时间，
而像是取材自墙上的织物；
这样的人物形象从未存在过；——

而这从未存在的，他称之为生活。
今天他选择了这首歌：

你啊王家金发的孩子，你来自那些
寂寞守候在白色厅堂里的妇人，——
几乎所有人都在惶恐地将你构思，
只为有朝一日在画里把你凝望：
望你的双眼，眉宇严肃，
望你的双手，白皙修长。

你拥有她们的珍珠和水苍玉，
她们这些女人，凝伫在画中
宛若孤独地凝伫在黄昏的草地上，——
你拥有她们的珍珠和水苍玉，——
还有她们的戒指，铭文湮灭，
以及她们的丝绸，残香飘逸。

你佩戴着她们腰带上的宝石
走在高窗边走在时辰的光里，
温柔的嫁衣的丝绸里
包裹着你的小小的书本，
书本里，你权倾万国，
大大地书写着，用华丽的圆体
字母找到你的名字。

一切啊，一切都仿佛已经发生。

以为你不会再来，她们就这般，
向所有的杯盏将嘴唇靠近，
把所有的喜悦用情感追赶，
毫无忧虑地不考虑丝毫忧虑；
于是你此刻
伫立着，满怀羞惭。

……你啊苍白的孩子，你的生活也是一个，——
歌者来告诉你，你在生活。
你生活更胜过幼林的一个梦，
更胜过阳光的幸福，
那被若干灰色的白昼忘却的阳光。
你的生活就这样无以言表地属于你，
因为你的生活被众人艰难地背负。

你可觉察到，你活过片刻之后，
往事是怎样变得微不足道，
是怎样使你对奇迹有了预备，
将你的每一种情感用画陪伴，——
全部时间显示出的只是一个预兆，
预兆你优雅做出的一个姿势。——

这就是昔日一切的意义，
一切不是带着全部的沉重留下，
而是返回到我们的本性，
交织在我们的心里，深沉而奇妙：

就这样这些女人象牙一样，
被无数玫瑰红艳艳地映照，
就这样疲惫的王面渐渐暗去，
就这样灰白的侯唇渐渐石化，
不为孤儿和哭泣的人所打动，
就这样少年人形似小提琴，
死去，为女人浓浓的秀发；
就这样少女们侍奉了马多娜，
因为世事让她们感觉混乱。
就这样琉特和曼陀铃声音高亢，
被一个无闻者激越非凡地弹奏，——
匕首的磨砺绵延在温软的天鹅绒，——
种种命运建筑于幸运和信任之上，
离别的人啜泣在向晚亭中，——
百个黑色铁面罩的上空
野战在摇荡，恍如一艘大船。
就这样城市慢慢庞大，然后
如同大海的波涛倒退回从前，
就这样蜂拥向悬赏高昂的目标，

那些铁矛迅疾的飞鸟之力[449]，
就这样孩童为花园演出化妆打扮，——
就这样不重要与重要的事发生着，
只是，为了将这些日常的经历
化为千个巨大的比喻，交给你，
让你能够因这些而茁壮成长。

往事为你而种植栽培，
为从你的心里，花园一样，升起。

你啊苍白的孩子，你让歌者富有，
以你的能够被歌唱的命运：
就这样盛大的花园节日在上演，
灯火无数，池塘令人惊异。
朦胧的诗人们静静地复诵着
每一个事物：一星，一屋，一林。
无数你想要纪念事物，
围立着你动人的形象。

科隆纳家族[450]的人们

你们陌生的男人啊，此刻如此安静地
在画里站立，你们曾经端坐在马上，

你们曾经不耐地穿过厅堂；
你们的手此刻静憩在你们的身边，
如俊美的犬，神情也同它们一样。

你们的目光这般被充望盈满，
世界于你们就是一幅又一幅画；
刀剑、旗帜、水果和女人
向你们涌来巨大的信赖——
一切皆**在**，一切皆**值**。

但那时，你们依然年轻得
还不足以进行那些巨大的战役，
年轻得还不足以身披教皇的朱衣，[451]
骑战与田猎时你们并不始终幸运，
你们还是少年，拒绝委身于女人，
你们的少年时代里就没有
一个女人，没有一个回忆？

你们不再记得那时发生的事？

那时祭坛
带有马利亚生子的画像，
在寂寞的侧廊。
羁绊着你们的

是一条花蔓；
你们的想象中，
喷泉正独自
在外面花园的月光里
将水抛洒，
那想象就像一个世界。

窗一直通到脚下仿佛一扇门；
窗外是有草地与道路的林园：
出奇的近却又这般迢远，
出奇的亮却又仿佛昏暗，
井泉潺潺，潺潺如雨，
似乎，似乎挂满所有星辰的
漫漫长夜之后，
清晨不会到来。

那时在为你们成长啊，少年，这手，
这手曾经温暖。（你们却毫不知情。）
那时你们的目光啊，在伸展。

第二卷・第二部

遗落日子里的断章[452]

……如鸟，如那些已经习惯于行走、
变得越来越沉重、如在坠落中的鸟：
地球用自己长长的钩爪吸吮
充满勇气的回忆，关于一切
高处发生的重大事件的回忆，
然后使回忆几乎变成落叶，
紧贴着地面——
如那些植物，
勉强向上生长的同时，向地球里蜿蜒，
向黑黑的泥土里稀疏柔软潮湿地
沉陷，毫无生气，然后病悴衰颓，——
如疯孩子，——如一张面孔
在一副棺柩内，——如欢喜的双手，
犹疑无定，因为满斟的杯中
映现出的事物并不亲近，——
如呼救，晚风中
遭遇无数低沉喧响钟声，——
如室中花，干枯多日，——
如陋巷，声名狼藉，——如卷发，
宝石在其中暗淡无光，——
如四月的清晨
在病院的众多排窗前：

病人们拥聚在大厅的边缘，
他们望见：一道晨曦大施恩典
使一切陋巷如春而宽阔；
他们看见的只是明亮的华美
使座座房屋年轻而欢笑，
他们不知道，已然整夜，
一场风暴撕裂了诸天的衣袍，
一场风暴来自世界依然冰结的众水，
一场风暴，此刻依然漫卷陋巷，
将万物一切的重担
从万物的肩上取走，——
外面有些什么巨大而恼怒，
外面有暴力在行走，那是一只拳头，
会使病人中的每一个人窒息
在他们信仰的光芒中央。——
……如一个个长夜在凋残的树叶里，
叶的一切边沿已被撕开，
撕开得太宽，已不能与另一个
非常喜爱的人一起在里面流泪，——
如赤身的少女，现身在石碑上空，
如醉汉在一片桦树林中，——
如话语，没有确切的含义，
却依然行走，走进耳中，走进
大脑，隐秘地在神经之梯上

一跳一跳地试探着穿过四肢百骸，——
如白发老人，诅咒自己的后代
然后死去，于是无人有朝一日
能够避开这被施加的苦痛，
如饱满的玫瑰，人工培养
在空气都在说谎的蓝色温室，
然后被巨大弧线里的傲慢
撒落到外面风聚的雪堆，——
如一个地球，因太多的死者
重压着它的情感而无法旋转，
如一个被击杀后草草掩埋的男人，
双手抗拒着生根，——
如细高红艳的盛夏之花中
的一朵，无可救药地
猝然死在草地亲爱的风里，
因它的根在地下碰到
死者耳环上的
绿松石……

若干日子的时刻就是这样。
恍惚有谁在某处制作我的人像，
为了用针慢慢将之虐待。
我觉察到他游戏中的每道锋芒，
似乎，一场雨落在我的身上，

雨中，一切事物都在变换模样。

声音

九首并扉页题诗一首

扉页题诗

富人和福人倒是沉默得轻松，
没人想知道他们是什么。
但是赤贫者却必须展示自我，
必须说：我是瞎子，
或者说：我就要瞎了，
或者说：人世间我过得不顺，
或者说：我有个生病的孩子，
或者说：现在我才被拼成一个人……

而且也许啊，这些还根本不够。

所有人从他们身旁走过，通常就像
从东西旁走过，所以他们必须唱歌。

于是你还可以听到首好歌。

可是人却是真怪异；更愿
听那些阉人的童声合唱。

要是这些被骗的，打扰了上帝，
上帝就会亲自到来，久留不去。

乞丐之歌

我一直在走，挨家挨户，
被雨淋，遭日晒；
忽然我把我的右耳放到
我的右手。
于是我的声音让我觉得
好似从来不认识。

我实在不知道谁在那儿喊，
是我还是什么人。
我喊是为了一个小零碎，
诗人喊却是为了很多。

最后我蒙住我的脸
连同我的两只眼；
我的脸带着它的重量躺在我的手

看上去就像在休息！
好不让他们以为我
连脑袋也没有地方放。

盲人之歌

我是瞎子，你们外人啊，这是一个诅咒，
一个憎恶，一个抗议，
某种日复一日的沉重。
我的手搭在老婆的胳膊上，
我灰色的手在她灰色的灰，
她纯然用虚空领着我。

你们感动你们挪动你们只是幻想
听起来不同于石头敲石头，
但你们错了：我独自一人
在活着在受苦在嚷嚷。
我心里有一个无休止的呼喊，
我不知道，向我呼喊的是我的
心脏还是我的五脏。

你们可听出这些歌？你们不唱它，
完全不用这种声调。

你们每天迎来早晨新鲜的光
温暖地在宽敞的卧房。
你们拥有一种从脸到脸的感觉，
这种感觉诱使你们变得慈祥。

酒鬼之歌

它不在我里面。它出出进进。
我想抓住它。抓住它的却是酒。
（我再也不知道它是什么。）
酒抓住我那个酒抓住我这个
直到我完全信赖了酒。
我这个傻瓜。

如今我在酒的游戏里，被酒轻蔑地
四处乱洒，今天我还被输给了
这个畜生，死神。
如果这家伙，得到我，我这个下贱的扑克，
就会用我来刮它灰色的皮痂，
然后把我撇在粪堆里。

自杀者之歌

那就再待一会儿吧。
他们总是一次次把我的绳子
弄断。
不久前我准备得这么好，
而且已经有了一点点永恒
在我的肚子里。

他们给我羹匙，
一羹匙生命？
不，我想要过，我已经不再想要，
就让我吐吧。
我知道生命熟了好了，
世界就是一口装满的锅，
但是没有走进我的血，
只是爬上了我的头。

世界喂养了别人，却使我生病；
理解吧，理解我对生命的鄙弃。
如今我需要的是限制的饮食，
至少限制一千年。

寡妇之歌

最开始我感到生是好的。
生让我温暖，生使我勇敢。
其实生对所有年轻人都一样，
可那时候我又怎么会知道。
我不知道生是什么——，
突然地生只是一年又一年，
不再好，不再新，不再有惊奇，
就像从正中被撕成两半。

这不是生的罪，也不是我的罪，
我们两个别无所有只有忍耐，
但是死却没有忍耐。
我眼看着死到来（是那么气急败坏），
我眼瞅着死拿走又拿走：
拿走的却根本不是我的。

究竟什么是我的；属于我，我拥有？
甚至我的困苦不也只是
从命运那里借来的？
命运想要回的不只是幸福，
它还想要回哭喊和痛苦，
它用二手价买下了破产。

命运就在那儿，不花一文买进
我脸上的每一个表情
直到我走路的方式。
这就是每天的清仓大减价，
一旦我被买空，它就把我放弃，
任凭我空荡荡。

白痴之歌

他们对我不加阻拦。他们任凭我走远。
他们说不会发生什么事。
多好啊。
不会发生什么事。一切都来都不停
旋转，围着神圣的灵，
围着某个灵（你所知道的）——，
多好啊。
不，你一定不要真的以为那儿会
有什么危险。
那儿当然有血。
血是最重的东西。血是重的，
有时我都觉得我无法再——。
（多好啊。）

啊，这是多么美的一个球；
红红的圆圆的就像一个处处[453]。
好啊，原来是你造了它。
是不是一喊它就真的会来？

所有这些人行为是多么怪异，
互相钻进去，彼此游出来：
和和睦睦地，又有一点点暧昧；
多好啊。

孤儿之歌

我什么也不是以后也会什么也不是。
现在我实在还太小还不能存活；
以后也一样。

大妈啊大爷啊，
可怜可怜我吧。

尽管不值得费心照顾：
但我还是会被收割[454]。
没有人会需要我：现在还太早，
明天又太迟。

我有的只是这一件衣服，
在变薄，在掉色，
但在上帝的面前也许
它还保持了一点儿永恒。

我有的只是这几根头发
（一直是同样这几根），
它们曾经是一个人的最爱。

如今这个人却不再爱什么。

侏儒之歌

我的灵魂也许正直善良；
但我的心、我的扭曲的血、
所有让我哀伤的东西，
它却无法挺直腰板背它们。
它没有花园，它没有床，
它挂在我尖利的骨架上
惊恐地扑扇着翅膀。

就是摆脱我的手也什么都不是。
我的手变得这么萎缩，瞅啊：

我的手黏黏地跳动，又湿又沉重，
就像雨后的小蛤蟆。
我身上的其他东西已经
用坏，破旧而抑郁；
为什么上帝还犹豫着，不把这一切
扔到粪堆里。

是不是他在生气我这张
怏怏不乐的嘴脸？
我的脸其实常常准备好
彻底变得光亮而干净；
但没有什么离我的脸这么近
除了这些大大的狗。
而狗却并不具有脸。

麻风病人之歌

瞧我是一个被所有人抛弃的人，
城里没有一个人知道我，
麻风已经侵害了我。
我敲响我的响板[455]，
把我伤悲的观感
敲进从我身旁经过的

所有人的耳朵里。
他们木然地听着，根本
不往我这里看，我这里发生了什么，
他们并不想了解。

我的响板声音传哪里，
我的家就在哪里；但也许
是你使我的响板这么大声，
致使现在从我近旁避开的人
在我的远处也不敢靠近。
致使我可以走得特别地长
没有姑娘、女人、男人
和孩子注意到我。

动物们我也不想吓到它们。

《声音》组诗完

关于喷泉[456]

霎时间我明白了许多关于喷泉的事，
那些捉摸不定的玻璃树。
我能够谈论它们就像谈论我的泪，

我的，我被一场特别大的梦捉握时，
我一度挥霍然后又忘记了的泪。

我难道忘记了，天空将手
伸向许多事物伸入芸芸众生？
我不是总是看见无与伦比的伟大
在古苑的坡道上，在柔婉的
充满期待的薄暮中，——在惨淡的
从异国少女们中间升起的歌声里？
歌声从旋律中盈溢而出，
真实可触，仿佛一定会
倒映在敞开的池塘。

我一定忆起过所有那些
发生在喷泉发生在我身上的事，——
于是我就也感受到坠落的重量，
坠落中我再一次看见了水：
我明白了那些枝条，转身向下，
我明白了那些声音，微焰轻燃，
我明白了那些池水，只将堤岸
迟钝徐缓地反复拍击，
我明白了那些暮晚的天空，
从西方焦黑的森林里寥廓行远，
别样隆起，渐渐暗去，佯装

这个世界并非是它所欲想的世界……

我难道忘记了，星在星之侧渐渐成石，
它们紧锁心扉，面对它们的相邻天球？
难道忘记了，一个个世界更像是哭过之后
在太空里彼此相知？——或许是我们在上方，
被编织在其他生命的天空里，
它们夜夜将我们仰望。或许它们的诗人
将我们颂扬。或许它们中许多人
仰面向我们祷告。或许我们被陌生的诅咒
当作目标，只是那些诅咒从未抵达我们，
或许我们是它们一个神的邻居，它们以为
他在我们的高处，在它们寂寞哭泣时，
它们信奉他却又遗失了他，
他的画像，像一道光从它们
寻找时手中的蜡烛发出，稍纵即逝
从我们心不在焉的脸上掠过……

阅读的男子

我阅读已久。自从下午
雨声淅沥，在窗边停留。
外面的风我充耳不闻，

我的书沉重艰深。
一页页书如一种种神色，
因思索而变得昏暗，
围绕着我的阅读，时间在堆聚。——
霎时间页面分外明亮，
替代令人恐慌的字迹漫漶的
是：黄昏，黄昏……撒满页面；
我还不曾向外张望，长长的字行
就已经断裂，词语从所在的
丝线上滚落，去往想去的地方……
于是我知道：在光芒四射的
花园之上，天空寥廓苍茫；
太阳应该又出来了一次。——
此刻已是夏夜，你可能看见：
散落的事物汇集成些微的群体，
昏暗地，长长的路上，有人在走，
异样遥远地，似乎更有深意地，
可以听见些微尚在发生的事。

如果此刻我从书中抬起双眼，
无物将令我惊异，一切都将巨大。
外面彼处存在的，里面此处我正在生活，
此处彼处一切都毫无涯际；
只是我更多地与它们纠缠在一起，

当我的目光适合了万物，
适合了色块真诚的朴素，——
大地就会生长得超过自身。
整个天空仿佛被大地包围：
最初的星恰如最后的屋。

观看的男人[457]

我凭借林木观察风暴，
风暴从温暖柔和的日子
将我惶恐的窗击打，
我听见远方在说：
并非没有朋友我能忍受，
并非没有姊妹我能恋爱。

此刻行走着，风暴这个改造者，
穿行过森林，穿行过时间；
一切都好像没有年龄：
风景，如《诗篇》里的一节，
真诚，有力，永恒。

我们与之摔跤的，何其渺小，
那与我们摔跤的，何其巨大；

如果我们，与事物更加相似，
能够被巨大的风暴征服，——
我们就会变得宽广而不可名状。

我们战胜的，都是渺小的，
结果本身也使我们渺小。
永恒与非凡之物
不欲被我们弯曲。
它是天使，向《旧约》里的
摔跤者显现[458]：
敌手的渴望
在战斗中金铁般膨胀，
他手指底下感受到的渴望
好像琴弦深沉的曲调。

谁被这位如此频繁
放弃战斗的天使击败，
谁就会行走得公义、坚立、
高大地走出那只强硬的手，
那只紧贴着他如在塑造的手。
胜利不会对他发出邀请。
他的成长乃是：成为卑微的战败者
败于越来越大之物。

录自一个暴风雨之夜[459]

八首并扉页题诗一首

扉页题诗

夜，因不断增长的风暴而动荡，
霎时间变得何其辽阔——，
恍然往日一直堆聚
在时间细小的褶裥里。
何处有星辰阻止，何处夜不会终结，
不会开始在森林中心，
不会开始在我的面庞，
不会开始伴你的身影。
灯结结巴巴弄不明白：
我们光在说谎？
夜难道是千年以来
唯一的真实？……

1

这样的夜里你可能会在街巷
遇见未来的人，他们的面色
消瘦苍白，他们并不认识你，

他们沉默无语地放你走过。
然而如果他们开口说话，
你就是一个逝去已久的往者，
一如你站在那里，
久已腐烂。
但他们保持着沉默如同死者，
尽管他们是将来的人。
未来还不曾开始。
他们只是将面孔保留在时间里，
仿佛在水之下，无法观看；
假如他们还能忍耐片刻，
他们就会看见水波之下：
鱼的迅疾，缆的下潜。

2

这样的夜里一座座监狱洞开。
监狱暴力的蔑视者
带着低声的讥笑
穿过守卫的噩梦。
森林啊！他们向你而来，只为在你的里面饱睡，
身上挂满长期的刑罚。
　　森林！

3

这样的夜里烈火骤然燃起
在一个剧院。如同巨兽
巨大的房间用楼厅开始
将拥挤在其内的数千人
噬咬。
男男女女
聚集在走廊，
仿佛全都彼此牵挂，
一旦建筑物断裂，他们就同样会被撕开。
无人更知道谁全然在下面痛苦；
就在有人踩在他的心脏上的时候，
他的耳依然被因此而消逝的乐声
全然充满……

4

这样的夜里，仿佛多日之前
心脏在往日王侯的石棺里
再次开始运行：
再次的跳动这般强劲地推挤
对抗它的棺壁，

以至心脏继续承负黄金的外壳
凭借黑暗和衰败的锦缎。
教堂带着所有厅堂黑色地摇摆。
众钟，钩挂在钟楼上，
悬吊如鸟，震颤的层门，
每一部分都颤抖在基座上：
恍然失明的龟在移动，
背负着正在建基的花岗岩。

5

这样的夜里身染绝症的人们知道：
我们曾是……
然后他们在病人中继续思考
一个简单的好想法，
从那个想法的中断处继续。
然而他们留下的儿子们中
最小的却可能正走在最寂寞的小巷；
因为恰恰这些夜里
他感到似乎自己第一次开始思索：
长久被沉重似铅地笼罩，
此刻一切却将揭去面纱——，
他要为之而庆贺，

他感觉到……

6

这样的夜里所有这些城都一模一样，
都在旗帜飘扬。
伴着被暴风漫卷旗帜，
仿佛伴着被扯散的头发
在轮廓模糊河流纵横的
任何一个国度。
所有花园都有一座池塘，
每个池塘旁边都有同样的住房，
每个住房里面都有同样的光；
所有人看上去都很相像，
全都用双手遮住脸庞。

7

这样的夜里垂死的人们变得清醒，
悄悄把手伸入自己生长中的头发，
这来自他们颅骨弱处的草茎
在这些漫长的日子里发芽，

似乎想停留在
死亡的表面。
他们的神情遍行房屋
犹似镜子处处悬挂；
他们付出——以他们发丛中
这个沟渠——力量，
那些他们已经聚集多年的力量，
　　曾经失去。

8

这样的夜里我的小姐姐[460]在长大，
在我出生之前生又在我出生之前死，极其小。
此后已经又是许多这样的夜：
她想必已经变得美丽。很快就会有人
　　娶她为妻。

盲女[461]

陌生男子：

　　谈起这些，你不害怕吗？

盲女：

不怕。

事已如此遥远。人也已是另外一个人。

那个人曾经可以看见，喧嚣地在张望中活过，

如今已经死去。

陌生男子：

一个沉重的死吗？

盲女：

死去是残酷的事，对毫无预感的人而言。

甚至陌生者死去时，我们也必须坚强。

陌生男子：

那个人让你感到陌生吗？

盲女：

——也可以说，是变成了陌生。

死甚至让孩子对母亲感到陌生。——

当然，最开始的日子里死还是恐怖的。

那时我遍体鳞伤。万物中

开花结果的世界，

被从我的身上拔除，连根，

连同我的心（恍然间），于是我

如被翻掘的大地一样袒卧，啜饮

我的泪的冷雨，

泪水从死去的双眼里涌出，

涟涟而无声，仿佛上帝死去，

云从空空的天堂里坠落。
我的听觉变得敏锐，向一切敞开。
我听见了本不可听的事物：
时间，从我的头发上流过，
寂静，在精致的玻璃器皿里鸣响，——
我触摸到：我双手的近旁
一朵巨大的白玫瑰在呼吸。
总是再一次，我认为是黑夜，黑夜，
我以为我看到如白天一样生长的
一线明亮的条带；
我以为我在走向早已
在我的双手里铺满的清晨。当睡眠沉沉
从我黑暗的脸上下落的时候，
我唤醒母亲，
我呼唤母亲："你啊，快来！
点灯！"
我凝听着。久久，久久一片寂静，
我感到我的枕头正在变成石头，——
后来，恍惚间我看到有什么在发光：
那是母亲痛苦的泪，
我不想再回想起的母亲的泪。
点灯！点灯！我时常这般呼喊在梦中：
天穹已经倒塌。拿走它，
从我的脸，从我的胸。

你一定要将它举起，高高举起，
一定要将它再次给予星辰；
身上压着天空，我无法活。
然而我是在对你说话吗，母亲？
不然究竟在对谁说？究竟是谁在那后面？
究竟是谁在帘幕后面？——冬天吗？
母亲啊，是风暴？母亲啊，是黑夜？告诉我！
要不然是白天？……白天！
没有我！没有我怎么竟能算是白天？
难道没有一个地方缺少我吗？
难道没有人打听我吗？
我们难道已完全被遗忘？
我们？……但你却在那里；
你还拥有一切，不是吗？
一切事物依然在呵护你的视觉，
将你的视觉抚慰。
虽然你的眼在休息，
虽然你的眼依然疲惫，
你的眼还能够再次抬起。
……我的眼睛却沉默无语。
我的花将失去颜色。
我的镜将成冰。
我的书将字行杂乱。
我的鸟将巷陌乱飞，

将在陌生的窗边使自己受伤。
没有什么再与我有相关。
我已经被一切抛弃。——
我是一座岛屿。

陌生男子：

而我就是越海而来的。

盲女：

怎么？到岛上……到了这里？

陌生男子：

我还在小船上。
我已经悄悄将小船停泊——
在你身边。小船在摇荡：
船上的旗正向着陆地招展。

盲女：

我是一座岛，全然孤独。
现在我是富有的。——
最初，破旧的道路依然遍布
我的神经，因频繁的
行驶而损坏：
那时我也感到痛苦。
一切都从我心中离去，
我最先并不知道去了哪里；
但后来我在那里找到了它们全部，
全部的感觉，还有，现在的我，

聚立在一起，拥挤着，哭喊着
在被墙堵住、不会活动的双眼之前。
全部的我的被诱骗的感觉……
我不知道它们是否就这样年复一年，
但是我知道，周复一周
它们全都残缺地回来，
认不出任何人。

后来通往眼睛的道路荒草丛生。
我再也不知道它。

如今一切都在我身内四处游荡，
无忧也无恙；仿佛初愈的病人，
我的感官享受着行走，行遍
我的身体这个幽暗的房间。
它们中有一些
在阅读回忆；
它们中年轻的
却张望着外面的一切。
因为它们在我的边缘走向哪里，
哪里就是我的玻璃礼服。
我的额在看，我的手曾经
在其他人的手中阅读诗篇。
我的足同踏过的顽石倾谈，

我的声音被每只飞鸟带走，
从每天经过的墙垣。
如今想必我已不再缺少什么，
所有的颜色都已化作
声响与气味。
作为乐音鸣响得无边
美丽。
书对我又有什么用？
风在树间翻动林叶；
我知晓那是怎样的词句，
偶尔我还轻声将它们复诵。
死，将眼睛如花朵般采撷，
却找不到我的眼睛……[462]

陌生男子（轻声地）：

我明白了。

安魂曲

献给克拉拉·韦斯特霍夫[463]

一个时刻起，尘世间有更多围绕着
一个事物。围绕着一个花环。
片刻前这轻盈的叶……我在编结：
而此刻这常春藤异常沉重，
被黑暗所充满，仿佛从
我的事物中吸吮未来的黑夜。
此刻我几乎因将临的黑夜而惊惧，
孤独地伴着我制作的这个花环，
毫无预感，当藤蔓缠满
冠饰的时候，将会有什么出现；
我完全只需要理解：
有什么可能已经不在。何等地迷失
在从未觉察的念头里啊，里面那些神奇的事物，
想必我已经见过一次……

……随流水漂走的，是孩子们在游戏中撕碎的花；从张开的手缝掉落，一瓣又一瓣，一直落到花束再也无法辨认。一直落到余下的部分，被孩子们带回家，正好用来烧火。然后可能有一个人彻夜，在所有人都以为他已经沉睡的时候，为这破碎的花哭泣。

格蕾特尔，从最开初
你就已经注定绝早地死，
金发地死。
久已注定，在你注定生之前。
因此主在你之前安排了一个姐姐，
又安排了一个哥哥，
借此让你之前有两个亲近的人，那两个纯洁的人，
他们昭示给你那个死，
那个属于你的：
你的死。
你的姐姐哥哥被创造，
只是，借此让你习惯于死，
让你借两个死亡时刻
与数千年来一直在恫吓你的
第三个死亡时刻和解。
为你的死
生被重建；
手，将花朵捆扎，
目光，将玫瑰的红
与人的强大觉察，
它们被人塑造，被人再次销毁，
被死两次创作，
就在死径直向你本人，从
灯火渐熄的舞台走下之前。

……它可怕地走近了你吗，亲爱的玩伴？
它是你的敌人？
你曾为它心头哭泣？
它可曾将你从滚烫的枕
拖入烁闪的黑夜，
拖入那个全家无人睡去的黑夜……？
它是什么模样？
你一定知道的。
你已经为它启程向故乡行去。

—— —— —— —— —— —— —— —— —— ——

你知道
扁桃开花的姿容，
你知道湖是蓝色的。
许多事情，只有体验过初恋的女性
才能够感觉到，
你都知道。大自然对你耳语，
在南方暮色苍茫的日子里，
告诉你无尽的美，
一如从前，那些有福的人只
用有福的唇说出美，因为他们与美二者
拥有一个世界、一个声音——
更轻悄地你已经觉察到这一切，——
（啊，这无终的怒气是何等地
将你无终的谦卑触碰）。

你的信来自南方，
依然因阳光而温暖，但孤苦伶仃，——
最终你本人也跟随你疲惫的、
求助的信踏上行程；
因为你不喜欢身在光芒里，
每种颜色落在你身上如同罪，
你生活在不耐之中，
因为你知道：这并非全部。
生只是一个局部……属于何处？
生只是一个色调……停于何处？
生只是将意义关联到众多的
圆，属于向远处增长着的空间，——
生只是一个梦的梦，
梦醒却在别处。
就这样你将生放手。
剧烈地你将生放手。
我们熟悉你的幼小。
属于你的是如此稀少：一丝笑靥，
一根细小、总是略带忧郁、
温柔异常的头发，一个小小的房间，
那个房间姐姐死去后让你感到空阔。
其他的一切似乎只是你的衣裳，
这就是此刻我的感觉，你啊静静的玩伴。
然而你曾经是

特别的多。我们是偶尔知道的，
在你傍晚出现在大厅里的时候；
我们偶尔知道：此刻想必有人在祷告；
一群人已经进入，
一群跟随你的人，
因为你熟悉路途。
你想必已经熟悉路途，
你昨天就已经熟悉了……
最幼小的姊妹啊。

看这里啊，
这顶花环是这般沉重。
他们将会加戴给你
这顶沉重的花环。
你的棺椁能承受住它吗？
假如你的棺椁
因黑色的重量而断裂，
你衣裳的褶裥里
就会爬满
常春藤。
远远地向上攀缘，
围绕着你攀缘，
汁液，在常春藤的藤蔓里涌动，
用它的嘈杂撩动你；

你是如此童贞。
但你已经不再闭合。
你已经被拉长已经松弛无力。
你肉体的门扇扇虚掩，
于是湿漉漉地
常春藤抬脚踏入……

———— ———— ———— ———— ———— ———— ———— ———— ———— ————

仿佛一队队
修女，
彼此引导
借着黑色的绳索，
因为你的身内一片黑暗，你啊泉井。
你的血液空荡荡的
通道里，常春藤拥挤向你的心；
旧日你温柔的痛苦
带着惨白的喜悦与回忆
彼此相遇的地方，
它们漫游着，仿佛在祈祷，
在进入你的心，那颗心，寂然无声，
黑暗地，向一切敞开。

但这顶花环却是沉重的，
只在光中，
在活人中，在这里我身旁；

它的重量
将不复存在，
在我将它放在你身上的时候。
大地充满了平衡，
你的大地。
这顶花环沉重，因眷恋它的我的眼，
沉重，因我为它
所进行的工作；
所有看见它的人所心生的恐惧，
都黏附在它上面。
将它拿给你吧，因为它一被做成，
它就属于你。
将它拿离我吧。
让我孤独！它恰如一个过客……
几乎让我感到羞愧。
你也恐惧，格蕾特尔？

你不再能够走路了？
你不再能够站在这陋室里我的身边？
你的脚疼吗？
就这样停留在此刻一切全在一起的地方吧，
明天有人会将花环给你带去，宝贝，
穿过枝叶凋零的林荫路。
有人会将花环给你带去，安心等待吧，——

明天有人还会给你去带更多东西。
即使明天风狂雨骤，
也不会对花有太多伤害。
有人会将花给你带去。你有权利
完全拥有它们，宝贝，
即使明天它们会变成黑色会残败不堪
会永久消逝。
不要因此而担忧。你将不会再
辨别出什么在上升什么在下沉；
颜料已干，色调已空，
你甚至根本就不会知道，是谁
给你带去了所有这些花。

此刻你已经熟悉那个他者，每当我们
在黑暗中将它抓住，他就会驱逐我们；
从那个你所渴望的里面，你被救赎
成某个你所拥有的。
我们之中你曾经形象幼小，
或许此刻你已是一片成熟的森林，
林叶间有风有声音。——
相信我，玩伴，暴力不会临到你：
你的死已经衰老，
在你的生开始时；
因此死紧抓住生，

以便生生不过死。

有什么在我周围飘荡吗？
是夜风走了进来？
我不曾震颤。
我坚强而孤独。——
我今天创作了什么？
……常春藤叶，我在黄昏时取来，编结着，
弯折着，最终使它完全驯服。
它依然闪动着黑色的光。
我的力量
盘旋在花环里。

终章

死本为大。
我们属于死，
张口大笑。
如果我们相爱在生的中央，
死就敢痛哭
在我们中央。

新　诗[464]

（1907年）

翻译底本

Rainer Maria Rilke, *Neue Gedicht*, Leipzig: Insel-Verlag, 1907.

校勘版本

Rainer Maria Rilke, *Neue Gedicht*, Leipzig: Insel-Verlag, 1920.

参考书目

Hans Berendt, *Rainer Maria Rilkes Neue Gedichte: Versuch einer Deutung*, Bonn: Bouvier Verlag, 1957.

Brigitte L. Bradley, *Rilke Maria Rilkes neue Gedichte: Ihr zyklisches Gefüge*, Bern/München: Francke Verlag, 1967.

Wolfgang Müller, *Rainer Maria Rilkes „Neue Gedichte": Vielfältigkeit eines Gedichttypus*, Meisenheim am Glan: Anton Hain, 1971.

Paul Claes, *Rilkes Rätsel: Eine neue Deutung der Neuen Gedichte*, Aus dem Niederlandischen von Marlene Müller-Haas, Oberhausen: Athena, 2009.

感谢封·德海特夫妇卡尔与伊丽莎白的友谊[465]

早期阿波罗[466]

恰如一个已然尽在春天里的
清晨，有时透过依然没有
吐叶的枝条饱看：在他的头颅里
无物能够阻止一切诗歌的

光芒几乎致命地将我们击中；
他的凝望里依然没有阴影，
他的颞颥对于月桂依然太凉，
久后才将会在双眉之上

树木参天地耸起玫瑰园，
叶片，一片片，剥落，
从园中飘向口的震动，

那口此刻依然寂静，未用过，闪烁着，
只是微笑着在啜饮什么，
似乎它的歌唱正向那口中流注。

少女之哀

这偏好，在我们全都

是孩子、全都非常
孤独的岁月里，是温情的；
时间和别的人发生争执，
而人家有自己的方向、
自己的附近、自己的宽度、
一条路、一只兽、一幅画。

生命从不停止给予，
而我依然想
静心细细思想。
我在我心里不就是最大吗？
我的生命不再想安慰我，
不再想理解我，像我孩子时一样？

忽然我好像被驱逐，
而这寂寞也让我感到
是一个超然巨大之物，
那时，在我乳房这小山冈上
停下，我的感觉正在呼求
翅膀或者一个终点。

恋歌

我怎能抑止我的灵魂，让它
不去触碰你的灵魂？我怎能
举它越过你向着其他事物？
啊我甘愿伴着幽暗中的
某种无望，将它安放
在一个陌生而寂静的地方，
当你深心摇荡时，那里不会继续摇荡。
但是，一切触动我们的，你和我，
将我们拿在一起如一个弓法，
在两根琴弦上拉出一个声音。
哪个乐器上，我们被张挂？
哪个乐手[467]拥有我们在手中？
啊甜蜜的歌。

艾莲娜致萨福[468]

啊你野性的善远投的女投手：
如同矛躺在其他事物里，
我躺在我的事物里。你的弦音
把我投远。我不知身在何处。
无人能够把我取回。

我的姊妹们在思念我、在纺织，
房里充满亲切的脚步。
我独自在远方，被交出，
我颤抖得如一声请求；
因为美丽的女神在她神话的
中央红炽，活着我的生活。

萨福致艾莲娜

我想把不安带给你，
我想挥舞你，花藤缠绕的杖[469]。
我想像死亡一样把你贯穿，
想把你像坟墓一样转交
给这一切：这一切事物。

萨福致阿尔开俄斯[470]

断章

而你究竟想要对我说什么，
你跟我的灵魂有什么相干？
你的眼目低垂，因为
刚刚没有说出的话[471]。朋友，

看呐，这些事物的言说吸引了
我们，最终把我们引入荣誉。
依我看：我们甜蜜的
少女情怀就在你们下面寒酸地流走，

那是我们，我这个知情者和那些
与我一样的知情者，在神祇的监视下，
童贞地拥有的，使得米提勒纳[472]
苹果园一样在夜里
因我们乳房的发育而飘香——。

是的，就是这乳房，你并未
选择作为果篮，你啊
面孔深垂的求欢者。
去吧离开我，好让一切因你的阻挡
而停下的，来向我的歌。

这位神祇并不是两个人的证婚人，
但当他穿过一个
—— —— —— —— —— —— —— —— —— ——

一个少女的小墓碑[473]

我们依旧在怀想。仿佛，
这一切必将再次存在。
如柠檬海岸的一棵树，
你将娇小轻灵的乳房
带入他血液的汩汩：

——他啊神祇。
　　　　　　曾经修长的
逃逸者，妇人们的娇宠。
甜蜜而炽热，温暖如你的怀想，
荫蔽着你早熟的侧影，
弯垂如你的眉痕。

牺牲

啊我的肉体竟从每根血管里开花
更加芬芳，自从我认识你[474]；
看呐，我更纤柔更修直地离去，
而你却只在等待——：你究竟是谁？

看呐：我感觉到，我正怎样远去，

我正怎样，叶复一叶，失去我的旧事。
只有你的微笑恰如星斗，停在
你的上空，很快也会在我的上空。

所有那些依然无名地穿过
我的童年岁月、光闪如水的，
我想要在祭坛上用你来命名，
那祭坛被你的头发燃烧，
悄悄以你的乳房为冠冕。

东方清晓骊歌[475]

难道这眠床不像是一片海滩，
而只是我们所躺卧的一条海滩窄带？
没有什么更能确定，除却你高耸的双乳，
正攀越过我眩晕中的感觉。

难道这黑夜，有这许多声音在呼喊，
有动物在彼此呼唤彼此撕碎，
不让我们感到骇人的陌生？为什么：
那在外面慢慢升起的，被称为白昼，
我们竟觉得比这黑夜更容易理解？

我们不得不就这样彼此相交而卧，
恰似花瓣围绕着花蕊：
就这样那不相称之物处处皆是，
在聚积、在向我们扑面而来。

但是就在我们互相紧压，
只为不去看它怎样在四周临近的时候，
它却可能从你，却可能从我，抽出自己：
因为我们的灵魂以背叛为生。

亚比煞[476]

1

她躺着。她童稚的手臂
被仆人绑在枯萎者的身上，
在他身上她躺卧了漫长的甜蜜时光，
有些害怕他许多的年齿。

夜枭叫的时候，有时她会
掉转埋在他胡须里的她的脸；
一切，被称为黑夜的，都到来，
聚在她周围，带着惶恐与企盼。

繁星在颤抖，像她一样，
芳香遍走寝宫，在探寻，
帘幕轻扬，给出一个暗号，
于是她的目光悄悄跟随——。

但她却留在那个幽暗的老人身边，
最终，不曾被万夜之夜所触碰，
她躺在他王者的冷去之上，
处女地躺着，轻如一个灵。

2

王坐着，在空虚的白日里沉思
做过的事情、无法感觉的欲望
和他所豢养的心爱的母狗——。
但傍晚时分亚比煞却
笼罩了他。他混乱的生命
荒凉如声名狼藉的海岸
躺在她寂静的乳房那星座下。

有时，作为一个对女性精通的人，
他借由自己的眉毛认出
那不为所动、未被亲过的嘴；

他看见：她的情感绿色的枝条
并未下垂到他的土地。
他一阵寒战。他像狗一样细听，
他探寻自己，在自己最后的血里。

大卫在扫罗面前歌唱[477]

1

王啊，你可听见，我的弦歌
投掷出我们穿行而过远方：
群星缭乱，向我们扑面而来，
我们最终飘落，似一阵雨，
雨落处，万物盛开。

少女们在开花，你尚能识认[478]，
她们此刻是妇人，把我诱引；
处女们，体香盈盈，你能够迹寻，
少年们，呼吸急促，长身
挺立在寂静的重门。

我的歌音本该为你取回一切。
但我的琴声却已翩然沉醉：

你的夜，王啊，你的夜——，
何其美丽，你的劳碌所削弱的夜，
何其美丽啊，那一切肉身。

你的回忆，因我的预感，我相信
能够琴声相和。但是当在哪些弦上，
我为你奏出它们幽暗的欲望之吟？——

2

王啊，你拥有这一切的王，
你纯然以生命
将我征服将我荫蔽的王：
走下你的宝座吧，摔断
我的竖琴，你让它如此孱弱。

它好像一棵被采摘的树：
透过曾为你结出果实的枝条，
一个渊深，仿佛来自正来临的日子，
正在张望——，而我几乎不认识。

不要再让我伴着竖琴睡去；
请看你的少年人我的手：

你相信吗，王啊，这只手依然
无法奏出一个肉身的八度音？

3

王啊，你将自己藏匿在暗黑中，
我却拥有你在权能里。
看呐，我坚定的曲调不曾中断，
苍穹正在你我二人周围冷去。
我孤苦的心与你混乱的心
悬挂在你的震怒那浓云里，
暴怒地互相撕咬，
紧紧地抱作一团。

此刻你可感觉到我们在互相改变？
王啊，王，重变成了灵。
如果我们只是彼此相握，
你握着少的，王啊，我握着老的，
我们就会恍若一颗旋转着的星。

约书亚向百姓讲话[479]

就像河流在堤坝的尽头
凭着河口的过量冲出，
此时冲过众支派的长老，
最后一次，约书亚的声音。

何等被打击着，那些说笑的人，
何等停了下来，所有的心与手，
仿佛三十场鏖战的喧嚣涌入了
一张口；于是这张口开始讲话。

再一次数千人充满了惊异，
就像在耶利哥城前的伟大日子，
但此时那号角却是在他的里面，
他们生命的城墙因此摇晃着，

他们也因此翻滚、充满惊恐、
无力抵抗、彻底溃败，然后他们
才记起那一幕，那时，他专横地
在基遍对着日头高声喊：停：

于是上帝去了，震恐如一个奴仆，
日头停留着，停在鏖战中族人的

上空，直到上帝的手感到疼痛，
只因那时一个人想要日头停下。

那人就是这位；就是这位老人，
他们认为他，认为他不再
像是一个一百一十岁的人。
这时他站起身，冲入他们的帐篷。

他下来，像冰雹落在麦秆上一样：
你们想要答允上帝什么？不计其数的
立在你们周围的那些神，在等待你们选择。
但如果你们选择了他们，主就会粉碎你们。

然后，带着无比的骄傲：
我和我家，永远婚配给他。

于是他们全都喊道：帮我们，赐我们神迹，
坚固我们，叫我们做出艰难选择。

他们看见他，保持着多年来的沉默，
登上山边他坚固的城；
然后不在了。这就是最后一次。

浪子离家[480]

如今离开吧，从所有这些纷乱里，
这纷乱属于又不属于我们，
这纷乱，如老井里的水，
把我们颤抖着倒映然后毁去那倒影；
离开所有这些，这些如用荆棘
依然再次将我们牵挂的——离开吧，
把这些与那些，
那些我们已经再也看不见的
（曾经这般日日存在这般平常无奇），
蓦然凝望吧：温柔地，不计前嫌，
如同从一个开端，从近处；
预感地审视吧，怎样非个人地，
怎样从所有人的头上，降临了那苦难，
充满了童年，直至童年的边缘——：
那么还是离开吧，手松离手，
好似一个愈合的伤疤被重新撕开，
离开吧：何处去？去往那无凭，
远远去往一个始终温暖的国，
那个国在一切行动的后面如布景
将变得无动于衷：将变成花园或者墙；
离开吧：为何？出于冲动，出于本性，
出于没有忍耐，出于暗中的期待，

出于没有理解与没有理智：

将这一切背负吧，徒劳地
也许只是任手中所握的不停掉落，最终
孤独地死去，却不知为何——

这可就是一个新生的开端？

橄榄园[481]

他向上走去，在灰色的叶片下，
全然灰色、失神地在橄榄地里，
他将覆满尘土的额深深
放在滚烫的双手的积尘中。

一切之后就是这。这就是结束。
现在我该走了，我在变瞎，
可为什么你想要我一定说
你在，而我再也找不到你本人。

我再也找不到你。不在我里面，不在。
不在其他人里面。不在这石头里面。
我再也找不到你。我孤独无依。

我孤独地伴着一切人类的伤悲，
这伤悲我曾倚靠你得以减轻，
但此刻你并不在。啊莫名的羞耻……

以后会有人说：一个天使来了——。

为什么是一个天使？唉来的是黑夜，
正在林间冷漠地翻动着树叶。
门徒们活动在他们的梦里。
为什么是一个天使？唉来的是黑夜。

来的黑夜，没有什么不寻常；
已经这样来过了一百个。
狗在睡觉，石头卧着。
唉一个哀伤的黑夜，唉随意的一个，
一直在等待再次天明。

天使并不临到这样的祷告者，
黑夜也不为这样的人而巨大。
自我迷失者被一切人松开，
被自己的父背叛，
被关闭在母亲的子宫外。

Pietà[482]

就这样我再次，耶稣，再次看见你的足，
当年这是一个年轻人的足，
我惶恐地为它们脱去鞋袜，把它们洗濯；
它们何等迷惘地停在我的头发中啊，
就像一只白色的动物在荆棘丛[483]。

就这样我看见你从未爱过的肢体，
第一次啊在这个爱夜。
我们还从来没有一起躺过，
如今却只是被赞叹被监视。

不过，看呐，你的手撕裂了——：
爱人啊，那不是我，不是我咬伤的。
你的心敞开着，谁都能进去：
而它本该只是我的入口。

如今你已经疲惫，你疲惫的口
对我伤痛的口毫无欲望——。
耶稣啊，耶稣，何曾有过我们的时辰？
我们两人正在何等奇妙地陨落！

唱给诗人的妇女歌曲

看呐，一切都在开启：我们也一样；
因为我们只是这样幸福着。
鲜血与幽暗在动物身内成为的，
在我们身内生长成灵魂，作为

灵魂继续呼喊着。呼喊着切慕你。
然而你却仅仅将它纳入你的视线，
似乎它是风景：温柔而没有贪欲。
所以我们以为你并不是它所

呼喊着切慕的人。不过，你不是那个，
那个我们毫无保留地倾慕着的人吗？
我们可会在某个人的心里变得更多？

那个无止尽的，同我们一道消失。
但你却会存在，你啊口，我们听见了，
但你啊，你讲述我们的人：你却会存在。

诗人之死[484]

他躺着。他被竖起的面容

惨白，拒绝在垂直的软垫里，
自从世界和这面容，从对世界的所知、
从他的感官里脱落，
落回到冷漠无情的岁月。

那些人，目睹了他的生，却不知
他是何等与所有这一切共存；
因为这一切：这深渊，这草地，
还有这水，都是他的脸[485]。

啊他的脸就是这整个的辽远，
此刻依然意欲属于他、将他追求；
他的面模，如今正惶恐地死去，
柔嫩而敞开，如一个果实的
内侧，腐烂在空气里。

佛[486]

似乎他在谛听。听远，听寂静……
我们停下来，却不再能够听见。
他是星。其他巨大的星，
我们看不见的，停聚在他身边。

啊他是一切。果真，我们在等待
他看见我们？他可有这个需求？
我们在此跪倒在他的面前，
他却始终深沉、迟缓如一只兽。

因为那吸引我们到他足边的，
百万年前就已在他里面旋转。
他，忘记了我们正经历的，
他，经历着将我们放逐的。

L'Ange du Méridien[487]

在夏尔特大教堂

狂风，在坚实的大教堂周围
奔涌，如一个否定者，思忖复思忖，
狂风里更温柔地一瞬间感觉到自己，
被你的微笑引向了你：

微笑着的天使啊，感觉着的形象，
你的一张口，由一百张口造就：
你竟毫无觉察，我们的时辰
正滑离你满盈的日晷？

日晷上一天的全部数字，同时、
同样真实地，停在深深的天平里，
似乎一切时辰都已成熟而富有。

我们的存在，石制者啊，你知道些什么？
也许你正神情更蒙福地
将石版递向黑夜？

大教堂

那些小城里，老屋
在周遭蹲踞，如年集，
骤然觉察到它[488]，于是惊惧，
摊床关闭了，完全关闭而喑哑，

哭闹者静了，击鼓者停了，
扬起激动的耳将它倾听——：
当此际，它始终安静伫立，
身披扶垛那件旧的褶皱大氅[489]，
对那些老屋毫不知情：

那些小城里，你能够看见
大教堂怎样生长着超出了

自己的交际圈。它的兴起，
越过一切而去，恰如太过巨大的
近物将自己生命的目光
不断超越，恍然没有
其他什么发生；恍然是宿命，
在它里面堆聚，毫无尺度，
渐渐石化，被选定为持续者，
而不是那个，在下面幽暗的街巷里
偶然得获随便一个名字，
将名字穿在身上，行走，像孩子穿绿戴红，
不是那个，被小贩当作围裙系在身上。
诞生，在这基座里，
力量与涌动，在这耸立中，
爱，无处不在如酒与饼，
大门，充满爱的哀叹。
时辰的敲击里，踌躇着生命，
充满断念、忽然不再上升的
座座钟楼里，存身着死亡。

大门

1

它们[490]保留下来，仿佛已经
退走的洪水，曾以汹涌
磨洗这些岩石，直至它们形成；
洪水在退落中带走若干特征，

从这些它们太过完好的、只为
紧握住什么而依然递出的手中。
它们保留了与花岗岩的形态区别，
凭借一个光轮、一顶红衣主教帽、

间或凭借一丝微笑，
为此，一张面庞作为一面
寂静的表盘保护着时辰的宁静；

此刻已移入它们门的空旷里，
它们曾是一只耳的外耳，
接纳这个城的每一声呻吟。

2

非常多的辽阔对此怀有用意：
就像世界对舞台的布景
怀有用意；就像主角踏遍
那些布景，身穿情节的大衣：——

就这样门的幽暗，行动着
踏入自己深处的悲剧剧场，
就这样无际而飘垂，如上帝—父，
就像**他**奇妙地变化成

一个儿子，在此处被平分为
许多小的近乎喑哑的角色，
被取出，从困苦的附属物里。

因为救主依然只是这样（我们知道）
从盲人、被弃者与精神病人中
产生，如独一的演员。

3

这样地它们耸立着，止住心跳

（它们立在永恒之上，从未离去）；
只是罕见地踏出褶皱的落差，
一个神情，笔直，陡峭，就像它们，

始终停留在迈出的半步之后，
在它们超越了千载之处。
它们平衡地停在支架上，
架中是它们看不见的一个世界，

是它们不曾踏破的混乱的世界，
是人形与动物，仿佛为了威胁它们，
蜷缩着、抖动着，将它们依然持握：

一个个形象在那里仿佛江湖艺人
只是做出抽搐而野性的神情，
免得棍棒落在额头。

玫瑰窗[491]

那时那里：它[492]的爪慵懒的踏动
制造出了一丝寂静，几乎让你迷惘；
然后何其突然地，猫中的一只
以时而迷路的目光抓住了它，

强有力地抓住了它大大的眼睛，——
目光，仿佛被一个旋转的圆
捉住，游动了一小片刻，
然后沉没，不再知道自己的什么，

眼睛，显然在休憩，
此时张开，呼啸着一击，
将目光一直拖入红的血——：

从前就这样从幽暗中探出手，
大教堂巨大的玫瑰花窗
握住一颗心，将之拖入上帝。

柱头

像将至的白昼一边从梦的
怪物群里爬出，一边从缭乱的
苦楚里耸起：拱顶的
基脚走出纷乱的柱头，

而留在里面，密集而谜一般
缠绕着的，是振翅飞翔的受造之物：
它们的踌躇、头颅的突然，

以及壮实的叶片，叶片的汁液

如狂怒一样升起，最终翻滚在
将自己握成团然后递出的
一个急速的手势里——：向上追猎着

总是再一次冰冷地带着黑暗
下落的一切，承载着如雨的忧虑，
为这古老的生长的生计。

上帝在中世纪[493]

而他们将**他**在自己的心中积攒，
而他们欲求他存在并施行审判，
而他们最终像钟摆的重锤一样
（为了阻止他的升天）

在他身上挂上他们巨大教堂的
重负与质量。因而他只能
在自己无限制的数字上方
边指示边旋转，像钟表一样

指示他们的行动与日常劳作。

但突然他全然开始运转，
因而城里惊愕的人

离开了他，惶恐于他的声音，
带着取下的他的报时装置
不断前行，逃离他的表盘。

Morgue[494]

他们躺在那里，甘心地，似乎这
适于日后创作出一个情节，
以理解他们与对方、与这冰冷
如何相和解如何相连接；

因为这对一切人而言犹非结束。
衣袋里应该能找到一个
怎样的名字？他们嘴边
满带的厌恶被人反复擦洗：

厌恶并未离去；只是变得全然洁净。
胡须挺立着，依旧有些太坚硬，
但按照看护者们的品味，却更整洁，

只为不使张口呆看者作呕。
他们的眼睛在眼睑后已然
翻转，此刻正凝视着里面。

囚

1

我的手只还有一个
手势，用以驱赶；
有物从山崖
湿润地落在老石上。

我只听见这撞击声，
我的心止住与液滴
一道行进的脚步
与之一道消逝。

液滴却滴落得更快，
似一只兽再次现身。
在某个地方更明亮——。
但我们又知道什么？

2

你要想到，此刻所是的天与风，
你嘴的空气与你眼的明亮，
变化为石，围绕着细微之处，
上面是你的心与你的手。

要想到此刻你里面的所谓明天：然后
还有：以后、来年乃至更久远——
在你里面受伤、充满脓肿，
但只会化脓，再也不会迸裂。

要想到这就是曾经，这犹在变得迷乱，
在你里面四处狂奔，要想到你亲爱的嘴，
从未大笑过，正因大笑而泡沫四溅。

要想到这曾是上帝，犹只是你的看守，
而狡黠地塞在最后的洞里的，
是一只肮脏的眼。但你毕竟活着。

黑豹

于巴黎植物园

它的目光因铁栏的过往
而疲惫，再也容留不下什么。
它感到，似有千条铁栏，
而千条铁栏后面不是世界。

强而健的脚步弱软地行进，
围着最微小的圆圈绕行，
如力之舞围绕着一个中心，
里面僵立着一个巨大意志。

只是偶尔瞳孔的帷幕无声
拉开——。然后一幅图像进入，
遍行四肢紧张的寂静——
在心脏的里面停步。

瞪羚

Gazella Dorcas[495]

中了魔的你啊：选取的两个单词
和谐得竟实现了每次的叶韵，

在你身内来而复去，如行在象征里。
从你的额升起树叶与诗琴，

而一切属于你的，已在比喻里
贯穿了恋歌[496]，歌中的词语，柔
如玫瑰花瓣，落在为了看你
而不再阅读的人闭拢的

双眼之上：被背负着，好似
每一奔跑都装载了跳跃，
只要颈项能够使头颅保持倾听，

就含而不发射：仿佛浴女
中断了自己在林中的洗浴：
林湖映在掉转过来的脸上。

独角兽[497]

圣者扬起头，于是祈祷
如同头盔落到了头后：
因为无声近前那从未被相信的、
白色的动物，如一只被劫掠的、
无助的牝鹿，眼中满含乞求。

四腿那象牙制成的支架
轻动在轻微的平衡中，
一道白色的光幸福地滑过毛皮，
立在寂静、浅亮的额头，
角，如月下的钟楼，如此明亮，
每走一步，角就竖起一次。

嘴带着紫灰色的绒毛
轻轻撩起，使得些微的白
（白于一切）在牙齿上闪光；
鼻孔吸收着、悄悄希企着。
但是那[498]目光，无物限制着，
将自己的图画投入空间里，
圆环成一个蓝色的系列传说。

圣塞巴斯蒂安[499]

他站着，恰似一位躺卧者；全然
被递出，被伟大的意志。
他心神远荡，如哺乳着的母亲，
他被绑成一团，如一顶花环。

箭矢飞来：一阵又一阵，

却仿佛是从他的腰间跃出，
铁质地震颤着，伴着自由的终点。
他暗暗微笑，毫发无伤。

只有一次他的哀伤加剧，
目光流露出痛楚，
直至否认了某些细微之物，
似乎轻蔑地松开了
美丽之物的毁灭者。

施主[500]

这是对画家公会的委托。
或许救主从未向他显现；
或许也没有一个圣主教温和地
在他身边就像在这幅画中
轻轻将手放在他身上。

或许这一切就是：如此跪着
（恰如这就是我们所获知的一切）：
跪着：将自己的轮廓，
意欲向外的轮廓，全然绷紧地
在心中保持，就像马在手中。

如果一个庞然大物出现，
并非所盼望的、从未被证实的，
我们就会希望它不会看见我们，
会走得更近，全然就在我们近旁，
忙于自己的事，在自己里面深挖。

天使[501]

以一次额头低垂，他
断然拒绝了那限制与约束；
因穿过他的心，硕大而被坚立的，
是永在的将临者，在盘旋。[502]

幽深的诸天在他面前充满形象，
每个形象都可能唤他：来吧，明认吧——。
切莫把任何你的重负交给
他轻轻的双手[503]。它们就会在夜里

临到你，以更有力的摔跤考验你[504]，
就会像愤怒者一样走遍房屋[505]，
就会抓住你，仿佛它们创造了你，
就会拆除你，从你的形式中[506]。

罗马石棺

可是是什么阻止我们相信
（就像我们被放置被分发）
唯有欲与恨与这纷乱之物
在我们心里并非短暂逗留，

如往昔在这被装饰的石棺里
在指环、神像、玻璃器皿、丝带中间，
在慢慢耗尽自己的华服内
躺卧的一个慢慢瓦解者——

直到它被这不熟悉的口们吞下[507]，
那些从不说话的口。（何处一个大脑
存在着思考着，好有朝一日利用它们？）

那时，永恒的水被古老的
水管桥[508]导入它们的里面——：
此刻正在里面映照、流走、光闪。

天鹅[509]

这劬劳，透过依然未完成之物，

艰难而犹被束缚地消逝而去，
相似于天鹅未创造出的行程。

而这个死，这对我们日日
立在上面的土地的不再理解，
酷似于令人焦虑的落户安居——：

进入水，温柔地将它接纳了的
水，仿佛幸福着、流逝着，
在它的下面后退，一波复一波；
而它无限寂静而安然地，
越来越成年、越来越君王、
越来越冷漠，屈尊前行。

童年

该是好的，思考许许多多，为了
说出某种如此遗失的事，
说出那些如此从未再来的
漫长的童年午后——为什么？

我们还可以想起——：或许一场雨中，
但我们却不知道这有什么用；

生命从未再次充满相遇、
充满再见与继续前行，恰如

那时，那时发生在我们身上的事，
只是发生在一个事物一个动物身上的：
那时我们活着，恰如那些午后的人性之物，
充满了形象，满而又满。

如此日渐孤独如一个牧人，
如此沉重背负着巨大的远方，
如同被远远地呼唤、触动，
慢慢地如一根长而新的线
被引入那些画面序列中，
序列中的持续令我们迷乱。

诗人

你离在我去远，你啊时光。
你的翼翅拍击将我击伤。
孤独地：于我何益，我的口？
我的夜？我的昼？

我没有所爱的人，没有家，

没有一处，可以立足。
一切事物，因我将自己加入，
变得富足，将我分发。

蕾丝[510]

1

人性：摇摆着的占有物之名，
依然未被认可的、幸运的持存：
难道，双眼成为这蕾丝，
成为这小小的、紧密的蕾丝片段，
就是非人性？——你想收回它们？

你啊长逝者，你啊终于成为盲女，
你的幸福可在这个事物中，
你巨大的感觉，化为微小，进入
里面，如同置身于树干与树皮之间？

透过命运中的一道罅隙、一个缺口，
你抽出你的时代的你的灵魂；
而你的灵魂停留这光明的片段里，
致使我会心微笑，因获得的裨益。

2

如果我们一天的所为与在我们
身上发生的事，让我们觉得微不足道，
让我们觉得如此陌生，似乎不值得
我们唯它之故如此艰辛地告别童年
长大成人——：是否泛黄的
蕾丝的道路，这紧密相嵌的
开满鲜花的蕾丝之路，就无需
我们留在这里？看呐：道路已经成就。

一个生命或许已经被鄙弃，谁又知道？
一个幸运已经在那里，被递出，
最终却成为，不惜一切代价，
从中成为这个事物，并不比生命更轻，
但已经完成，如此美丽，仿佛已经
不再太早，对于微笑，对于飘荡。

一个女人的命运

恰如君王田猎中将玻璃杯，
随便一个玻璃杯，拿起倾饮——
此后，拥有它的人将它

拿走、收藏，仿佛不属于任何人：

或许命运也这样焦渴地，间或
举起一个女人在嘴边，倾饮，
然后一个微小的生活，唯恐
会弄碎她，不再将她使用，

将她放入惶恐的陈列柜，
里面有它的贵重物品
（或者被视为贵重的物品）。

那里，她站着，陌生地如一个
被借出之物，彻底变老、变盲，
已不贵重，也永不稀奇。

大病初愈的女子[511]

如一阵吟唱来而复去在小巷，
靠近又再次怯惧，
扇动着翅膀，有时几乎可抓握，
然后又再次远远散发出去：

大病初愈的女子被生活游戏；

那时她，孱弱着休养着，
迟钝地，为了递出自己，
做出一个不习惯的手势。

而她感到生活近乎引诱，
那只变硬的手，里面的
发烧充满了荒谬，
由远而近，仿佛以盛开鲜花的
触摸，来爱抚她坚硬的颏。

成年女子[512]

这一切都立在她身上，是世界，
带着一切立在她身上，恐惧与恩典[513]，
如树一样立着，成长着，修直，
全是图画又全无图画如约柜，
庄严地，如安置在一个民族之上。

而她负担这一切；承担直至头上
那飞翔、那逃离、那离去，
那庞然大物，那依然尚未学会，
漠然如担水的女子承担
满满的水瓶[514]。直至表演的中央，

变换着，为他人预备着，
第一块白色面纱，轻悄滑动
从开敞的面庞上落下，

几乎不透明、永远不再升起，
随随便便地给她的一切疑问
仅仅模糊地报还一个回答：
在你里面，你啊曾经的孩子，在你里面。

Tanagra[515]

些微被烧制的泥土，
仿佛被巨大的太阳烧制。
恍然一只少女的手
手势
刹那间不再流逝；
不渴求什么，
也不从她的
情感通往任何事物，
仅仅在触摸自己，
仿佛一只手在触摸下颏。

我们拿起我们旋转

一个又一个人像；
我们几乎无法理解
为何它们并不流逝，——
但我们也只会
更深刻更神奇地
牵挂着这曾经之物，
我们微笑着：些微更清澈，
或许胜过一年之前。

失明的女人

她像别的人一样坐着饮茶。
而我首先感到，她的茶盅
她握着些微有别于别的人。
她曾经微笑。几乎感到苦痛。

而有人最终站起开口说话，
慢慢地、就像偶然发生的那样，
穿过许多房间（说着、笑着），
于是我看见她。她跟在别的人后面，

抑制着，就像一位即将
必须在众人面前演唱的人；

外面的光落在她感到喜悦的
浅色的双眼，仿佛落在了池塘。

她慢慢地跟行，用了很长时间，
好似有什么依然不可翻越；
然而：似乎，走过一个通道之后，
她将不再是行走，而是飞翔。

在一个外国庄园里

Borgeby-Gård[516]

两条路在此。不通往任何一处。
但是有时，思索中，其中一条
令你不断前行。似乎，你走错了路；
但霎时间你已身在环岛之中，
孤单单地再次伴着石碑，
再次在上面读出：男爵夫人
布利特·索菲[517]——再次用手指
感触磨灭了的年份数字——。
为何这发现并不变得微小？

为什么你踌躇不已，像第一次
充满期待地在这榆树林里，

这潮湿、阴暗，从未有人踏足的？

是什么诱引你为一个对题
在洒满阳光的花畦里找寻，
仿佛那是一种玫瑰的名字？

为什么你时常凝伫？是什么你的耳听见？
为何你最终看见，迷茫地，
飞蛾闪烁，围绕着高高的洋梅[518]。

别离

我何等地感受到了什么被称为别离。
我还何等地知道，一个阴暗的完好无伤的
残酷的什么，将一个美的包含物
又一次展示、递出、撕碎。

我何等地留了下来，毫无提防地
注视着那个一边呼唤我、一边任我
离去的什么，仿佛那就是一切女性，
但依然微小、洁白、不是别的而只是：

一次挥手，已然不再与我相关，

一次悄然的不断挥手——，几乎
不再能够解释：或许一株李树，
匆匆飞离了一只布谷。

死亡经验[519]

我们一无所知于这并不与我们
分享的离去。我们毫无理由
将赞赏将爱或者恨向死亡
显示，死亡正被悲剧的哀叹

以一张面具的口奇异地歪曲。
世界依然充满我们扮演的角色。
我们在担忧自己是否也曾满意，
尽管并不满意，但死亡也在表演。

但是你一离开，这个舞台上
一条真实从你离去时经过的
缝隙处断落：真实的绿中绿，
真实的阳光，真实的森林。

我们继续表演。背诵出惶恐
与艰难学会的，时而又做出一些

手势；然而你的此在，离我们
远去，摆脱了我们的剧本，

有时向我们袭来，像
一个知识从那条真实中落下，
致使我们片刻间入迷地
表演着生，并不考虑喝彩[520]。

蓝色绣球花[521]

恰如最后的绿在颜料桶里，
这些叶片，黯淡、龟裂、枯槁，
前面，那伞形花序，将一抹蓝
并不穿戴在身，只是远远映照。

因恸哭过而不精确地映照着，
似乎那蓝就要再度遗失，
而如在陈旧的蓝色信纸上的，
是在这些叶片上的黄、灰、紫；

是洗褪的颜色，如在儿童围裙的上面，
是不再被穿戴，不再有什么发生：
何竟感受到了一个小小生命的短暂。

但是突然那蓝似乎正更新
在伞形花序里的一束，可以看见，
一个激动的蓝因绿而欢欣。

夏雨之前[522]

霎时间公园里所有的绿色，
不晓得其中一个什么被拿走；
可以感觉到它正临近窗前，
沉默无语。只是迫切而响亮，

鸻鸟[523]在树丛里突然发出声音，
于是想起了一位耶柔米[524]：
剧烈地升起某一种寂寞与勤勉，
从这将被倾盆大雨应答[525]的

一个声音里。画廊[526]的墙带着
墙上的画移步离我们去远，
似乎不该听到我们在说什么。

褪色的台布倒映着
午后不确定的光，
有人作为孩子，在恐惧。

画廊里[527]

他们何等地全都围着我们，这些先生，
他们身穿侍从官官服，颈配jabot[528]，
仿佛一个黑夜正在他们星形勋章
周围，肆无忌惮地变得越来越暗，
这些女士，细嫩、柔弱，但却硕大，
因她们的服装，放在腹部的一只手，
微小如博洛尼亚犬的一只项圈；
他们何等地围着每个人：围着读者，
围着观看这些bibelot[529]的人，
bibelot底下若干事物依然为他们所有。

他们，彬彬有礼，不加打扰，任我们
生活着生活，按照我们所理解的方式，
按照他们不明白的方式。他们欲求开花，
开花就是美丽；而我们却欲求成熟，
欲求成熟意味着变暗与付出辛苦。

最后的黄昏

为诺娜夫人所有[530]

而夜与远行；因为公园旁

整支军队的train[531]行进而过。
他从clavecin[532]上扬起目光，
依旧在弹奏，向她看去，

几乎就像向镜中望去：
异常地被他年轻的神情充满，
知道他的神情已载满他的伤悲，
美丽而更被每个声音所诱骗。

但是突然，镜子似乎变得模糊：
她显得吃力地站在窗龛下，
克制着心脏急切的敲击。

他的演奏屈服了。外面吹来新凉。
罕见而陌生地立在镜桌之上，
黑色的筒状步兵帽[533]佩着骷髅头。

家父的年轻肖像[534]

眼中是梦。额仿佛正在接触
某个远处之物。口周围是精彩的
众多青春、不曾微笑的魅力，
细瘦的贵族制服缀满

装饰的丝绦，其前是
佩刀的笼柄与两只手——，手
在等待，静息着，无所希企。
此时几乎不再可见：仿佛手
抓握远方时，先已消失。
其他的一切用自身遮罩着自身，
湮灭着，似乎不被我们理解，
深深地在自己的深处混浊——。

你啊快速逝去的达盖尔银版照片[535]，
在我缓缓逝去的手里。

1906年自画像[536]

眉弓的建筑里的固定不变
属于古老、悠久的贵族家族。
眸中依旧是童年的恐惧、蓝色
与谦恭，处处皆在，不属于奴仆，
但属于服侍者，属于妇人。
口被造就为口，大而精准，
不是在劝说，而是一个正义者的
陈述。额没有残疾，
喜欢在静静俯视的阴影里。

这，作为关联，首先只被预感；
尚未在苦难中或在成功里
联结成持续着的渗透，
但是似乎，以被分散的事物
远远规划了一个真诚、真实。

王[537]

王已经十六岁。
十六岁，已然是国家。
他望去，如从圈套里，
经过枢密院的白发老人，

向大殿里向任意一处望去，
或许感觉到的仅仅是：
细长坚硬的颌下
冰冷的金羊毛项链。

死刑状留在他面前，
久久，没有签名。
他们在想象他的自我煎熬。

他们知道，因为足够了解他，

他只会缓缓数到七十，[538]
在他签字之前。

复活[539]

伯爵闻听那些音声，
伯爵目睹一道光明的裂隙；
伯爵唤醒自己的十三个儿子，
在祖坟里。

伯爵问候自己的两位夫人，
恭敬地从远处——；
而所有人，满怀信赖，
向着永恒站起身躯，

只是尚在等待埃里希
与乌尔莉卡·多乐蒂，
他们，一个七岁一个十三，
（一六一〇年）
夭亡于佛兰德，
只为今日在其他人之前
毫不迷惑地行走。

掌旗官

其他人感觉到自己的一切都刺骨
而毫无同情：铁、皮革与织物。
尽管有时一根柔软的羽毛在谄媚，
每个人却感到无爱感到非常孤独；
而他却——扛着一个女人一样——
扛着旗，一身节日衣装。
紧随在他身后的是旗沉重的丝绸，
偶尔飘垂在他的手上方。

唯有他能够，当他闭上眼睛的时候，
能够看见一丝微笑：他不可将旗离弃。——

而当那微笑出现在光闪的胸铠里，
抓向旗，绞扭着，想要握住旗的时候——：

他就可以从旗杆上将旗扯下，
仿佛将它扯离它的少女身份，
好将它保存在罩甲的底下。

对于其他人这就是勇气与荣誉。

布雷德罗德末代伯爵逃离土耳其之狱[540]

他们可怕地尾随着；将他们斑斓的死
从远处向他投来，而他
无望地逃亡着，感到的无非是：恫吓。
祖辈的远方似乎不再

适合于他；因为一只被追猎的
兽也足以如此逃亡。直至大河
在近处轰响、光闪。一个决断
将他连同他的困境举起，使他

再次成为王家血统的少年。
贵族妇女们的一抹笑靥
又一次将甜蜜浇注在他早熟

完美的脸上。他催动坐骑，
尊大地前行，如他热血炽红的心：
他被驮入河流如被驮入他的城堡。

交际花

威尼斯的太阳将在我的发丛

把黄金预备：那是一切炼金术
显赫的结尾。我的眉，形如
拱桥，你可看见它们

横跨在双眼无声的危险之上，
那双眼，被一场秘密的交际
与运河连接，于是大海
在眼里升起、沉落、变幻。谁

一旦看见我，谁就会忌妒我的狗，
因为我的手时常在它身上片刻
消遣，却从未因炽情而焦化成炭，

却不受伤害、满戴首饰、得以复原——。
而少年人，古老家族的希望，
因我的唇如同因毒药而命丧。

橘园的台阶[541]

Versailles[542]

恰如君王，最终只是依旧踱步，
几乎没有目标，只是为了时而
向两厢的鞠躬者显现

在袍服的寂寞里的自己——：

就这般升起，孤独地在最开始
就已然鞠躬的栏杆之间，
台阶：徐缓而满被主的恩典，
通往天堂、而不去往乌有之处；

似乎所有跟随者被命令
留在后面，——于是跟随者不敢
远远跟行在其后；甚至
这沉重的后襟也无人可以托起。

大理石像的马车[543]

巴黎

马上，被七匹马分担着驮负，
从未活动者一步又一步变化着；
因为那高傲地在大理石的中心、
在老人、阻力与万物的旁边耽留的，

在人群中展示着自我。看，不是
不熟悉，在随意一个名字下，
不：恰如主角在戏剧中将紧迫

首先变得可见，然后突然中断：

它出现，穿过白昼壅堵着的
进程，出现，在它完整的壮观里，
仿佛一个伟大的凯旋统帅最终

缓缓临近；而缓缓行在他前面的
战俘，因他的沉重而沉重。
一直还在临近，还在阻挡着一切。

佛

异国畏怯的朝圣者已然远远
感受到它身上黄金地淋漓；
就这般恍如充满悔过的富人
将他们的秘密一点点堆集。

但越走越近，朝圣者迷惑了，
因这眉峰上的庄严：
因为这并不是富人们的酒具
和他们女人们的耳环。

难道会有人能说出，哪些

事物被溶化，才得以
将这形象在这花萼之上

树起：静黄、哑寂，
胜过一块黄金，甚至完全
感动着空间，就像感动着自己。

罗马喷泉[544]

Borghese

两个水盆，一个将另一个超越，
从一个古老的圆形大理石边棱，
而从上方，水悄悄下垂，
垂到下方伫立等待着的水，

下方的水悄悄以沉默应对交谈，
隐秘地，形如在凹陷的手中，
向上方的水展示绿与暗背后的天空，
如同展示一个不熟悉的题材；

安静地在美丽的盘中散播着
自己，没有乡愁，一圈又一圈，
只是有时耽梦地一滴又一滴

安家在覆满青苔的垂挂物上，
在最后的表演中，悄悄以过渡
令那水盆在底下启放微笑。

旋转木马

Jardin du Luxembourg[545]

伴着一个穹顶与穹顶的阴影，
彩色的马的持续，旋转
一小片刻，所有人都离地而起，
它[546]在下落之前，长久地犹豫。
虽然一些人因马车而精神紧张，
但所有人的神情都充满勇气；
一只凶恶的红色的狮子与他们同行，
偶尔，是一头白色的象。

甚至有一只鹿在，全如身在森林，
只是它背负着一个鞍子，上面
扣着一个蓝衣小女孩。

而白色地骑在狮子上，一个小男孩
用一只滚烫的小手坚持着，
因为狮子露着牙齿与舌头。

偶尔，是一头白色的象。

他们骑在马上，一旁经过，
甚至女孩们，明亮，几乎已经成长过
马的跳跃；她们在跃动的中心
仰望着，向任何一处，望去——

偶尔，是一头白色的象。

这一切流走着，匆急，因就要结束，
转着圈，只是旋转着，漫无目的。
一红、一绿、一灰，被发送过去，
一个小的几乎尚未开始的侧影——。
有时一抹微笑，投转过来，
一个幸福的微笑，耀眼着，挥霍着，
在这气喘吁吁的盲目的游戏里……

西班牙舞娘[547]

如手中的一根火柴，白色，
在成为火焰之前，向四方
伸展着颤动的舌——：她圆形的舞
在附近观众的圆圈中，开始

颤动地展开，匆促、明亮、灼热。

突然，舞蹈即火焰，全然而彻底。

以一瞥视，她点燃了自己的发，
以大胆的艺术，她的整身衣裳
刹那间旋转成火灾，
火灾中，如蛇，惊惧着，
赤裸的臂醒转、格格有声地伸展。

而然后：似乎感到那火缠身太紧，
她将那火整个聚起然后异常
华丽地抛出，带着高傲的神情，
张目望去：火在地上，快速而剧烈，
越燃越旺，并不屈服——。
但是必胜地、确信地，带着一丝甜甜的
问候的微笑，她扬起脸，
将之踏灭，以小巧结实的足。

教堂钟楼

Tour St.-Nicolas, Furnes[548]

地的内部。似乎那里，你盲目地

攀升而向的地方，才是地的表面，
你在溪流倾斜的河床里攀升而上，
那些溪流，由昏暗寻找着的细流

缓缓聚成，那些溪流，被
仿佛复活中的你的视线拥挤穿过，
被你骤然看见，它们似乎正落出
这深渊，这悬挂在你身上的

深渊，庞然地在你的上方，
在朦胧着的教堂座椅中，翻转自己，
于是，你用感觉辨清它，惊恐而畏惧：
啊它攀升时，身上挂满物件如公牛[549]——：

风涌的光却将你从狭窄的
终结处取出。你几乎在飞翔中再次
看见此处的天空，炫目复炫目，
你看见那里的深谷，警醒而物尽其用，

你看见小小的白昼如帕廷尼尔[550]所绘，
同时地，一刻接着一刻，
座座桥梁如狗群跳跃而出，
始终追随着明亮的道路，

只是有时将笨拙的房屋
遮掩，直至道路全然在背景里
安静地穿过灌木丛和自然。

广场

Furnes[551]

恣意地被胀宽，被曾在者：
被暴怒与动荡，被伴随着
死刑判决的斑斓，
被摊棚，被年集上吆喝的口，
被策马行过的公爵，[552]
被勃艮第的傲慢，

（在背景的四面八方：）

广场不断地邀请远方的窗
迁入自己的宽阔，
一时间“空旷”的随行与扈从
渐渐分散在交易的行列里，

整顿着秩序。低矮的房屋，
向山墙攀爬，想要看见一切，

它们彼此胆怯地隐瞒着的钟楼，
一直无尺度地立在它们的身后。

Quai du Rosaire[553]

布鲁日

条条小巷小心翼翼地行走
（就像人有时在痊愈中一边走
一边沉思：从前这里是什么？）
而来到广场的小巷，长久地

等待另一条小巷移动脚步
涉过暮色澄澈的水，
水中，周围的事物越是柔和，
悬挂在倒影里的世界就越真实，
胜过这些事物从未有过的样子。

这座城不消逝吗？如今你看见
（按照一种不可捉摸的法则）
它醒着、清晰在变幻之物里，
似乎那里生命并不这般稀奇；
那里此刻花园巨大地悬挂着生效着，
那里迅速亮起的窗户后面突然

旋转着的，是estaminet[554]里的舞蹈。

而留在上面的呢？——只有寂静，我想，
寂静正慢慢地、从容不迫地品尝着
浆果复浆果，从悬在天空中的
排钟那甜蜜的果实串里。

Béguinage[555]

布鲁日圣依撒伯尔贝居安会院

1

高大的门显然并不阻止任何人，
桥也同样喜欢往来奔走，
但是所有人都安然在古老的
开放的榆树庭院里，不再离开
她们的居屋，除了走过林带
去教堂，去更好地领会
为什么教堂里有如此多的爱。

教堂里她们跪着，蒙着纯粹的麻布，
一模一样，似乎只有一个形象，
千次出现在圣咏里，深刻而清晰地

变成镜影，映在散布着的柱子上；
她们的声音在越来越陡峭的
歌唱中上行，然后抛出自己，从
歌唱不再继续之处，从最后一个词，
抛向并不将之归还的天使。

因此当她们站起、转身时，下面
一片寂静。因此她们，沉默地
一颔首，指示着，指示者
向接受者递出祝圣的水，
那水使额头清凉，使嘴苍白。

然后离开，遮罩着、抑制着，
再次穿过那条林带——
年轻的安静，年长的不定，
一位老妇，停留片刻，从后跟来——
走入她们的居屋，居屋将她们快速隐瞒，
透过棵棵榆树，居屋
时而将一点点纯粹的寂寞
在一个小圆片上烁闪着显现。

2

可为什么教堂的窗以千个
圆片向庭院里面映照，
里面，沉默、影像与倒影，彼此
混合，啜饮着、模糊着、夸大着，
奇幻地老去如一种老酒。

卧在那里，无人知晓来自哪个方面，
外面在内部之上，永恒
在永远离去之上，宽广超越宽广，
盲去、黑暗、未被使用、被镀上铅。

留在那里，在夏日摇曳的
花饰下面，是旧时冬日的灰色：
似乎一个略带温柔、恒忍而长久的
等待着的男子静止不动地站在后面，
一个哭泣的等待着的女子站在前方。

圣母节游行[556]

根特

从所有钟楼上倾落着的，一浪接一浪，

是这人群中翻涌着的金属，
下面街巷的铸模里一个闪亮的日子
似乎就要从青铜铸件里重生，

从被锻造成的、庄严的边缘
可以看见，五彩的行列
由轻盈的少女与崭新的少男组成，
正将波浪敲击、驱赶、携带，
被旗帜不确定的重量
向下拖扯，被不可见的
主的手一样的障碍物阻碍；

而在对面，突然险些被受惊的
香炉盆以上升一起拖走，
全部七个[557]，飞翔着，如陷惊悚，
拖扯着香炉盆的银链。

观众的堤坡包围着轨道，
轨道里这一切都在凝固、喧响、滚动：
将临者，由黄金与象牙制成，
从中，华盖惊立而起，冲向
阳台，摇曳在黄金的流苏里。

于是他们越过所有的白，辨认出，

徐缓地身穿西班牙盛装，
古老的立像，一张脸小而
热切，婴儿在手中，
于是他们跪倒，立像越来越近，近，
头戴冠冕毫无预感地老去，
却一直依然木质地握着祝福，
从动作巨大的锦缎里。

但那时它从那些跪伏者身旁
高高行过，被他们畏怯地仰望，
那时它似乎在掌控那些背负者，
以眉峰的一个竖起，
高傲、恼怒、果决：
他们因此惊异、停住、思索，
最终犹疑地行走。但是她却亲自

迈动着这整个河流的步伐，
孤独地，就像行走在被明认的道路上，
迎着大敞着的主教座堂的隆隆钟声，
女性地行走在一百个肩膀之上。

岛[558]

北海

1

最近处的潮水湮灭了浅滩上的路，
一切都在一切方向变得相同；
但小岛却在外面将
双眼紧闭；被堤岸纷乱地环绕，

岛上的居者在一个睡梦中
诞生，在睡梦中沉默地混淆了
众多的世界；因为他们罕有交谈，
每个句子都像一段碑文，

纪念着某个漂来的、不熟悉的、
不加解释就来到他们中间然后留下的。
这就是他们从童年就开始

用目光描述的一切：并不使用他们的、
太过巨大的、肆无忌惮的、被派遣来的、
依然夸张着他们的寂寞的。

2

每个庭院都被堤坝环围着，
仿佛卧在月亮上的环形火山中，
庭院里，花园以同样的方式
着装，像孤儿一样被狂风同样

梳头，被狂风如此严酷地养育，
被狂风终日以死亡相恐吓。
然后人坐在里面的屋内，从
倾斜的镜中看见是什么在罕见

那五斗橱上伫立。儿子中的一个
每到黄昏就来到门前，用手风琴
拉出一种音调，轻柔如泣；

就这样他在一个陌生港口里听着——。
外面绵羊中的一只在成形，
全然巨大、迹近威吓，在外堤上面。

3

近的唯有内部；其他一切皆远。

而这个内部拥挤着，日日
被一切填满，全然不可言说。
岛恰如一颗太小的星，

空间对它毫无觉察，喑哑地毁坏它，
在它的无意识的畏惧里，
于是它，不被明亮、不被听闻，
孤独地

为了让这一切都还有一个终结
暗自在自己臆造的一个道路上
试探着行走，盲目地，不在行星、
太阳、星系的规划内。

名妓香冢[559]

她们躺卧在自己的长发里，
棕色的脸已深深走入自身。
秀目闭合，仿佛面对太多的远方。
白骨，香口，鲜花。口之中
光滑的牙仿佛一副象牙质的
旅用国际象棋，排列成行。
鲜花，黄色的珍珠，纤细的骨，

素手与内衣，枯萎的织物
覆盖着崩塌了的心。但
那里在那些指环、护身符
与眼眸蓝的宝石（至爱的纪念物）
中间，依然立着性器那寂静的地穴，
一直通达满是花瓣的穹窿。
又是黄色的珍珠，滚动向远方，——
陶土烧制的盘，盘壁的曲线上装饰着
她们自己的画像，油罐的
绿色碎片，如花一样散逸着芬芳，
还有小小的神的塑像：室内祭坛，
名妓的天空里是迷醉的诸神。
碎裂的腰带，平滑的圣甲虫护符[560]，
巨大的性器小小的雕像，
一张大笑的口，舞蹈者，奔跑者，
黄金的别针，小小的弓类似于
在走兽与飞禽的护符上狩猎，
长长的针饰，装饰着的家具，
一个红底的圆形碎片，
碎片上，如入口处的黑色标签，
是驷马之车紧绷的马腿。
又是鲜花，滚动的珍珠，
一把小小诗琴的明亮琴身，
在形同雾霭一样垂落的面纱之间，

仿佛从鞋的人偶中破壳而出：
脚踝轻盈的蝴蝶。

就这样她们躺卧，伴着填满的事物，
昂贵的事物，宝石，玩物，家具，
破碎的小物件（一切都落入其中），
她们暗去如一条河的底。

她们曾是河床，
从上方坠入短暂迅疾波浪里的
（想要继续走向下一个生活）
是众多青年的肉身，
在其内是男人的河流在喧响。
有时少年人从童年的山中
突现，在畏葸的坠落中下临，
在河底玩耍着事物，
直至落差将他们的感觉夺去：

于是他们用光滑清澈的水充满
这宽广道路的整个宽度，
驱动着漩涡进入深处；
第一次倒映出河岸
与远方的鸟鸣——，高高地，
一个甜蜜之国的星夜

生长在无处合拢的天空里。

俄耳甫斯·欧律狄刻·赫尔墨斯[561]

这是灵魂神奇的矿山。
如同寂静的银矿，他们作为
矿脉穿行在矿山的幽暗。根之间
鲜血涌出，向人间行去，
幽暗中如斑岩[562]一般沉重。
往昔无物鲜红。

巉岩壁立，
林莽无觉。桥梁横跨虚空，
巨大、灰色、失明的池塘，
悬挂在远处池底之上，
如飘雨的天空悬挂在风景之上。
草地间，温柔而充满恒忍，
显现出一条路苍白的条带，
如一匹放倒的长长的亚麻布。

而这样一条路上走来了他们。

走在前面的瘦削男人身着蓝色斗篷，

哑然而无耐心地张望着前方。
他的脚步不加咀嚼地大块吞咽着
道路；他的双手垂落，
沉重而内向，在下垂的衣褶外，
不再了解轻盈的诗琴，
那把诗琴已经生长进他的左手
如玫瑰花藤生长进橄榄树的枝里。
而他的感官仿佛已分裂：
目光如狗，在他的前面奔跑、
转身、跑回、一次次跑远、
在下一个转弯处停下来等候，——
听觉如味，落在了后面。
有时他恍然感到他的听觉已经
一直抵达另外两个的行走，
那两个应当跟随这次完整的上升。
后来再次有的仅仅是他攀登的回音
与在他身后的他斗篷的风。
但他对自己说，他们确实跟来了；
大声说出这句话，听自己的声音回荡。
他们确实跟来了，只有两个，
走着，悄无声息得骇人。只要他
转过身（如果回望并不算
对即将完成的整个工作的
破坏行为），他一定就会看见他们，

这两个悄然者，沉默地跟随着他：

神祇，司掌行走与旷远的消息，
旅行便帽[563]遮在明眸之上，
纤细的手杖拿在身前，
翅翼扇动在脚踝边；
他的左手给了：她。

如此被爱的人儿啊，致使一把诗琴
发出的哀叹远多于陪哭妇们的哀哭；
致使哀叹中生出一个世界，那世界里
万物又一次存在：森林与山谷，
道路与村庄，田野、河流与走兽；
致使围绕着这个哀叹世界，全如
围绕着另一个地球，运行着一个太阳
与一个满缀繁星的寂静天空，
那是一个哀叹天空，布满变了样的星辰——：
这位如此被爱的人儿啊。

她却走在那位神祇的手边，
因长长的裹尸带而步履拮据，
不稳、温柔但毫无不耐。
她存于自身之内，像一个更高的希望，
她既没有料想这个走在前面的男人，

也没有料想升入生的道路。
她存于自身之内。她的死去
如丰盈将她充满。
如果实盈满了甜蜜与幽暗，
她盈满了她巨大的死，
那个死新鲜得让她懵然无知。

她存身于一个新的少女身份内，
变得不可碰触；她的性器闭合，
如迎向黄昏的幼小花朵，
她的手对婚姻感到
异常的不习惯，甚至轻盈的神祇
无尽轻悄的、引路的触碰
也如同过分的亲昵把她伤害。

她已然不再是在诗人的歌曲中
偶尔发出哀叹的金发妇人，
不再是宽大床榻上的芬芳与岛屿，
不再是那个男人的占有物。

她被松开如长发，
被递出如落雨，
被分发如百倍的贮存。

她是根。
而神祇骤然
使她停步，带着痛楚的惊呼
开口说话：他回头了——，
她那时却懵然无知，轻声地问：谁？

但远处，幽暗地在清澈的出口前
站立着的一位，面孔
已然无法辨认。那人站着、看着
在一条草径的带上
消息之神目光满带哀伤
沉默地转过身，跟在那个形影之后，
那个形影，已然返回同一条道路，
因长长的裹尸带而步履拮据，
不稳、温柔但毫无不耐。

阿尔刻提斯[564]

那时信使突然出现在他们之中，
像一个新的附加物
被投入婚筵过久的沸腾。
他们这些酣饮者，并未感觉到神祇
秘密地入场，他的神性

紧贴着自身恰似一件湿淋淋的斗篷，
似乎是他们中的一个，这个或者那个，
就这般在他们中间穿行。但突然
宾客中的一个在谈话中看见
座席上首年轻的家主
仿佛被猛然拖起，不再偃卧，
处处，映照着一个正在可怕地
与他交谈的陌生者的全部举止。
与此同时，宛若混合物在澄清的，
是寂静；只有落在地上的一个句子，
从混浊的喧嚷、从下落着的喃语的
一滴凝露中腐败地漫溢而出，
溢向围聚在四周的迟钝的喧笑者。
这时他们认出这位瘦削的神祇，
正站在那里，心内充满使命，
不容请求，——他们几乎才明白那个句子。
但是，被说出口的时候，那个句子却
比一切知识都完全难以理解。
阿德墨托斯必须死。何时？此时。

家主将他的恐惧那盘碟摔得
粉碎，他的手从碎片之中
伸出，与这位神祇交易。
数年，依然青春的唯一一年，

数月，数星期，数日，
啊，无需数日，数夜，只要一个，
要一个夜，只要这个：只要这一夜。
神祇报以否定回答，于是他哭喊，
他放声哭喊、不加克制，哭喊得
如同他的母亲在分娩时的哭喊。

向他走来，一位老妇人，
父亲也到来，老迈的父亲，
二人站着，苍老，老去，一筹莫展，
哭喊者，突然，还从未如此近地，
将他们凝视，中断，哽咽着，说：
父啊，
你难道非常留恋这余渣吗，
留恋这你吞咽时会卡住你的沉淀物？
去吧，倒掉它吧。而你，老妇人，
母亲大人，
你难道还要在这里做什么吗：你已经分娩。
他将他们两位看作是一根杆上的
两只祭牲。霎时间，他松开手，
撞开两位老人，充满灵感，容光焕发、
深吸一口气，呼唤着：克瑞翁[565]，克瑞翁！
无非是这个；无非是这个名字。
但他的神情中却是另外的名字，

他并未说出、他莫名期待着，
他将之向年轻的友朋、向所爱的人
炽红地递过去，越过纷乱的座席。
两位老人（站在那里），你可看见，并无赎回之意，
他们已经灯油耗尽、残劣而几无价值，
但你，你，在你完整的美之中——

但这时他再也看不见他的友朋。
他落在后面，而那位前来的，是**她**，
几乎比他所认识的她还要些微娇小，
轻轻地、哀伤在一身惨白的婚纱里。
其他所有人都只是她的小巷，
她穿过这条小巷前来、前来——：（立时她就要
进入他痛苦张开的双臂里）。

但是就在他等待的时候，她开口说话；不是对他。
她对那位神祇说话，于是神祇听闻她，
所有人也听见了，但仿佛首先在神祇的里面：

如果没有人能做他的替身。我是那人。
我是替身。因为无人生命终结，
像我是那人这样。究竟是什么留给了我，
从我在这里所是的？**就是**这个，就是我去死。
她不已经告诉你了吗，她曾经叮嘱你，

在里面等待着的那张床榻，
属于下界。我就是来道别离的。
对于别离的别离。
死去的人不会再道别离。我去了，
免得这一切被埋葬、溶化、消释，
在此刻还是我夫君的人的底下——。
所以领我走吧：我真的愿意为他死。

如同骤变的风在高高的海上，
神祇踏步上前，几如踏向死者，
霎时间远离了她的夫君，
那个隐匿在一个小小符号里
抛去这尘世间的百个生命的人。
那人踉跄地冲向这两位，
向他们抓去如在梦里。他们已然
走近门口，女人们
拥挤在门口，哭红了眼睛。但再一次
他看见那少女的面容，变幻出
一抹微笑，明媚如一个希望，
几乎是一个允诺的希望：成人地
从幽深的死中返回他
这个生者的身旁——

这时他遽然

双手蒙住脸，这般跪着，
为了在这一抹微笑之后不再看见什么。

维纳斯的诞生[566]

这个清晨，之前的黑夜，惶恐地
逝去，伴着呼唤、不安与动荡，——
一切大海又一次开裂，发出呼喊。
而在这呼喊慢慢重新闭合，
从天空苍白的白昼与开端
落入喑哑的鱼的深渊之际——：
大海分娩了。

因第一道阳光，边缘有少女站起的
巨浪的羞处，毳毛
泡沫闪烁，洁白、缭乱。
恰如稚嫩青葱的叶在颤动，
伸展着、缓缓张开蜷曲之物，
她的肉体铺展着伸入清凉，
进入那未曾开蒙的晓风。

双膝升起，皎如明月，
浮入大腿那云的边缘；

小腿纤细的阴影退走，
双足紧绷而渐渐光亮，
关节鲜活如饮者的
咽喉。

肉体在骨盆那高脚杯里，
如稚嫩的果在孩童的手中。
肚脐那窄小的平底杯中，
是这明亮的生命全部幽暗。
微波浅亮地在其下上涨，
不断涌向腰部，
腰部时而现出一阵静静的滴落。
但被照亮、依然没有阴影，
如四月里的一片桦树林，
温暖、空旷而无遮的，是羞处。

此刻双肩那活泼的秤盘已然
平衡在修直的躯干上，
躯干从骨盆升起如一柱喷泉，
在长长的双臂里踌躇地坠落，
在秀发的披垂中变得更加迅疾。

然后脸异常缓慢地移行而过：
从自身的倾斜中缩短了的幽暗里

进入清澈、水平的升起。
脸之后陡峭闭合的是下颌。

此刻，脖颈延伸着如一道光线，
如一根花茎，有汁液升起，
双臂舒展如天鹅的
颈项，正寻找着岸。

然后进入这肉体幽暗的早熟，
如朝气的，是第一口呼吸。
血管之树至柔的枝丫里
生成一阵簌簌，于是血液开始
汩汩涌过深处。
这缕风增长着：这一刻伴着
一切呼吸跃入簇新的乳房，
将乳房充满，向乳房内挤缩，——
于是乳房如帆，被远方涨满，
催促这轻盈的少女行向海滩。

就这样女神上岸了。

她身后，
在她快步走过的年少的岸上，
在整个上午冉冉升起的，

是花与茎，温暖、缭乱，
如出自拥抱。她走着、奔跑着。

但在正午，在这最沉重的时辰，
大海又一次上涨，将一只
海豚[567]抛在了同一个位置。
死的、红的、敞开的。

玫瑰花碗[568]

你看见怒者在闪烁，看见两个少年
聚集成一个团形的什么，
那是仇恨，是仇恨在地上翻滚，
如一个被蜂群袭击的动物；
演员，堆积起的夸张者，
垮倒了的疾驰的马，
抛出目光，伸出全副牙齿，
仿佛颅骨从口中脱落。

但此时你知道，是怎样变得忘乎所以：
因为你面前这满盈的玫瑰花碗，
是无法忘却的，装满了
极致——属于存在与倾向，

属于递出，属于从未能够给予，属于立于此，
这极致，是应该为我们所有的：也是我们本身。

是无声的生活，是没有结束的绽放，
是空间的使用，不从被万物
在周围减少的空间里拿取的空间，
是被忽略之物一样的几乎不明晰之物，
是纯粹内部之物，是众多罕见的柔嫩之物，
是直达边际的自我照耀之物：
还有什么与这些一样让我们熟悉吗？

还会一样于：一种情感的产生吗，
因为花瓣与花瓣的相触碰？
而这：一片花瓣张开如睑[569]，
下面纯然卧着片片眼睑，
闭合着，仿佛十倍地沉睡着，
必须减弱一个内部的视力。
而这首先：必须让光穿过
这些花瓣。从千重天空里
这些花瓣慢慢过滤出滴滴幽暗，
幽暗的冲天火光里，一棵棵雄蕊
混乱成一束，激动着、卷绕着。

而玫瑰里的活动，看呐：

姿势出自如此微小的偏转角度，
致使那些姿势始终不可见，
发出的射线也不四散地进入世界万有。

看那白色的，幸福地张开，
立在巨大的、敞开的花瓣里，
宛若维纳斯亭亭玉立在贝壳里[570]；
而那涨红的，正迷惘地
转身面对一个清凉之物，
那清凉之物正无感觉地后退，
而冰冷之物站立着，包裹在自身内，
在那脱下一切的敞开之物里。
它们所脱下的，那轻的、重的，
可能是一件斗篷、一个负担、一个翅膀、
一张面具，视其情形而定，
它们脱下一切：面对所爱的人。

有什么它们不能成为：如果那黄色的，
空洞而敞开地卧在那里，是汁液，
而不是果实的果皮——里面同样黄色的，
更集中、更橘红的果实？
而对于这些已然太多的，可是这绽放？
因为它们莫名的紫色在空气中
沾染了丁香的苦涩气味？

而这麻纱的，不是外衣吗，
里面的内衣依然柔滑、呼吸般的温暖，
外衣与内衣同时被抛下，
抛在古老的林中浴场旁清晨的阴影里？
这里的这个，乳白色的瓷器，
易碎的，一件光滑的中国瓷碗，
布满纤小而明亮的蛱蝶，——
那里的那个，除了自我不包含什么。

而一切不就是这样吗，只是自我包含[571]，
当自我包含意味着：外面的世界，
风，雨，春的容忍，
罪恶，不安，被伪装的命运，
暮霭中大地的幽暗，
最终在云端的幻化、逃逸与飞来之上，
最终在遥远天星的模糊的入口处
化入满手的内在。

此刻正无忧地卧在敞开的玫瑰里。

新诗别集[572]

（1908年）

翻译底本

Rainer Maria Rilke, *Der neuen Gedichte anderer Teil*, Leipzig: Insel-Verlag, 1908.

校勘版本

Rainer Maria Rilke, *Der neuen Gedichte anderer Teil*, Leipzig: Insel-Verlag, 1919.

参考书目

Hans Berendt, *Rainer Maria Rilkes Neue Gedichte: Versuch einer Deutung*, Bonn: Bouvier Verlag, 1957.

Brigitte L. Bradley, *Rainer Maria Rilkes Der Neuen Gedichte anderer Teil: Entwicklungsstufen seiner Pariser Lyrik*, Bern/München: Francke Verlag, 1976.

Wolfgang Müller, *Rainer Maria Rilkes „Neue Gedichte": Vielfältigkeit eines Gedichttypus*, Meisenheim am Glan: Anton Hain, 1971.

Paul Claes, *Rilkes Rätsel: Eine neue Deutung der Neuen Gedichte*, Aus dem Niederlandischen von Marlene Müller-Haas, Oberhausen: Athena, 2009.

Die Heilige Schrift des Alten Testaments, Beilagen. übersetzt und herausgegeben von Emil Kautzsch, Freiburg i/B. u. Leipzig: J.C. Mohr, 1894.

À mon grand Ami Auguste Rodin[573]

远古的阿波罗躯干像[574]

我们无法知晓他闻所未闻的头颅，
头颅上眼球苹果在成熟。但
他的躯干像依然炽红，如一架烛台，
烛台上他的凝望，仅仅被减弱，

仍在坚持，在闪光。否则，胸膛那曲线
无法使你目眩，一丝微笑
也无法在腰部的悄旋里去往
那蕴含着生殖的中央。

否则这石头就会畸形而短矮
在双肩那透明的玻璃罩之下，
而不会闪烁着恰如野兽皮毛；

不会从他所有的边缘迸发而出，
如一颗星：因为那里没有一处
看不见你。你必须改变你的生活。

克里特的阿尔忒弥斯[575]

众山麓的风啊：她的额

不像是一个明亮的物体吗？
光滑的打头风啊，属于轻灵的兽，
是你造型的吗，把她的衣裳

塑造在无意识的乳峰上，
像一个充满变化的预感？
而她，却似乎知晓一切，
裙裾挽起，硬腰带高束，

带着宁芙与猎犬，
她一边习练着弓，一边
冷淡地冲向最远；

只是有时在陌生的垦殖地
被求告，被分娩的
尖叫愤怒地征服。

勒达[576]

当神因他的急需而进入天鹅的时候，
他几乎惊恐地发现，天鹅是如此美丽；
他听任自己全然迷惑地消失在它里面。
但他的欺骗已经承载着他，开始行动，

在他尚在用感觉检验这未曾
试验过的存在之前。开敞的她
已经认出天鹅里面的前来者，
已经知道：他在请求一个，

一个她，迷惑在抵抗中
她所不再能够掩饰的。他滑下来，
用越来越孱弱的手搂着她的脖颈，

放纵自己进入所爱的人。
然后第一次幸福地觉察到羽毛，
真正化为天鹅，在她的怀抱。

海豚[577]

那些真实之物，使自己的相同
处处生长，处处安住，
它们，在同源的符号中感受着
那些烟消云散的国所具有的相同，
神，由湿淋淋的特里同[578]陪伴，
将它们淹没间或将它们攀越；
因为那一刻这动物表现出
别样于鱼喑哑、麻木的

品德，将血从鱼的血、
从远方，向人类垂落。

一个群体，翻滚着到来，
欢喜地，似在光闪地感受着潮水：
热情者啊，好感者，仿佛以信赖
冠饰着它们群行的旅程，
它们被轻缚在圆形的曲线四周，
仿佛束在花瓶的躯干和浑圆上，
幸福、无忧、安然地面对伤口，
振奋、着迷、喧响着，
浮沉之中与波涛交替着，
将三排桨战舰欢快地继续驮远。

而这位船夫将新被应许的
友朋携入自己寂寞的危险，
感激地为自己、为这些同伴
虚构了一个世界并视之为真：
他喜爱乐音、诸神、众花园，
还有那幽深、寂静的星年[579]。

塞壬岛[580]

他向这些殷勤招待他的人
静静讲述的时候，已经是
他们向他打听旅行和危险的
多日之后：他始终不知道，

怎样使他们惊骇，怎样用遽然的
话语使他们转过头去，像他一样，
在蓝色、平复的、岛屿密布的海里，
看见那些岛屿闪耀金光，

使他们目击危险的骤变；
因为那时危险并不在呼啸里，
并不在它始终存身的暴怒里。
无声地危险临到船员们的头上，

船员们知道，那些金色的岛屿上，
有时会有歌声响起——，
他们盲目地俯身在船桨上，
仿佛被寂静

包围着，那寂静，将整个辽阔
拥有在自身，在他们的耳边吹动，

就仿佛它的另一面
是歌唱，无人能够抗拒。

哀安提诺斯[581]

你们无人把握了我的这位俾提尼少年
（愿你们拦住那大河，从大河中拉起……）。
虽然我宠爱他。但我们，但我们还只是
用沉重充满了他，使他永远混浊。

究竟谁有能力去爱？是谁掌握了爱？——尚无人。
就这样我无尽地苦痛着——。
如今他已是尼罗河畔慰藉人的众神之一，
我几乎不知道哪个是他，无法同他亲近。

疯狂的你们啊，却还要一直抛他到众星之中，
为此我向你们呼求、敦请：你们爱他吗？
怎么他不单单是一个死者啊。他会喜欢这样的。
也许他什么也不该遭逢。

爱人之死[582]

他只知道那人人皆知的死：
拿起我们，将我们推入哑寂。
然而她，不是从他身上被拖走，
而是，从他眼光里悄悄被剥离，

飘向我们不熟悉的阴影，
他感到她们正在对岸
拥有少女的笑靥像拥有明月，
用她们的方式行善：

死者们使他感到如此熟谙，
他似乎因她而同每一个都拥有了
至近的亲缘；他听任旁人闲谈，

他不相信，他把那个国
称呼为安卧，称呼为永甜——
为她的玉足而将之摸索。

哀约拿单[583]

唉就算王也不能生命长久，

也会逝去如普通的事物，
纵使他们的印痕好像印章戒指的印痕，
反相形成在柔软的国土。

我面颊的温暖啊，你何竟会
突然停止，在这样开始了
你心的花体大写首字母之后。
唯愿有人又一次把你生育，
当种子在他里面闪光的时候。

随意一个陌生人都会毁灭你，
而那曾让你感到真心的，却毫无用处，
他只能克制着自己，听那传来的消息；
好像受伤的兽在穴里呼号，
我要倒在床上哭号：

因为这里、这里，我最战兢的地方，
你好像毛发一样被从我身上撕下，
毛发生长在腋窝和那个地方，
那个地方，我是一个给妇人的游戏，

那之前，我缠在那里的感官，
你还不曾像解开线球一样缕析；
那时我仰头看去，发现了你：——

但如今你却离开了我的视线。

以利亚的安慰[584]

他已经重重地降罚，也重新
建立起约，好像建立起坛，
他的被远抛的信靠就是火，
远远向坛上回落，可
后来他不就将那数百人毁灭了吗？
因为他们口中的巴力使他厌恶，
在河边宰杀他们直到暮色灰白，

暮色的灰白与雨的灰白剧烈混合。
然而王后的使者在这样的
工作日之后一走近他斥责他，
他就奔跑在地上，好像一个迷路者，

这样跑了很久，最后他在杜松树下[585]
好像被弃者一样发出哭喊，
声闻于旷野：主啊，不要
再使用我了。我已经两半。

然而就在那时天使临到他，喂他

一种饭食，他深为接受，
因此他得以长久地走，走过片片草地、
走过一条条河，一直走向那座山，

那座耶和华将唯他之故而临到的山：
不在狂风中，不在地的
开裂中，沿着地的沉重的褶皱，
一团虚空的火在行走，恍如出自羞处，

休息后的非凡之物向着到达的
老人冲过来，那团火将之越过，
老人在自己的血微小的声音里
震恐，蒙上脸将“他”听闻。

扫罗列在先知中[586]

你竟以为，人会看清自己在沉落？
不会，王就觉得自己依然被高举，
就在他意图杀害他强壮的
竖琴少年直至十代的时候。

只在他被恶魔在这条路上
袭击、撕开的时候，

他才在内心里看见自己没有蒙恩，
他的血流淌在暗黑里，
迷信地流向审判。

当他的口涎水淋漓，说预言的时候，
那逃亡的人只是因此
远远逃离。这就是第二次。[587]
但从前：几乎还是孩子，

他曾经说过预言，仿佛每一根血管
都通向他青铜的口；
一切人都在行走，但是他走得更直。
一切人都在呼号，但是他的心在呼号。

而如今他别无所是只是这堆
被颠倒的体面，负担复负担；
而他的口好像屋檐的口一样，
听任汇集的倾盆大雨落下，
在能够抓住之前。

撒母耳显现在扫罗面前[588]

那时隐多珥的妇人就呼叫：我看见了——

王抓住她的膀臂：谁？
而还在呆视的妇人开始描述之前，
他已经出现，王也该亲眼看见了：

他，他的声音再一次打击他：
你为什么搅扰我？我在睡觉。
你想要，因为诸天咒诅你，
因为耶和华在你面前合上自己、闭口不言，
你想要在我的嘴里寻找得胜吗？
我可以向你历数我的牙吗？
我现在没有别的除了牙……那人消失了。那妇人
叫着，双手蒙住脸，
好似她真的看见那：睡在地下的——

而他，在他意得志满的时代里，
好像一面旗帜超出了他的民，
此刻，在胆敢哀叹之前猛然仆倒：
他的陨落已经如此确定。

但她，曾违逆自己意志打击了他，
此刻希望他镇静下来忘记自己；
当听说他什么也肯不吃的时候，
她就走出去，宰牲、烤饼，

然后领他到那里，使他就座；
他坐着，好像一个忘记了太多的人：
从一切曾在的，直到那一位，最后的。
于是他吃着，好像一个仆人在黄昏时吃。

一位先知[589]

大张，因庞然的异象，
明亮，因从未毁灭过他的
审判所发出的火光，——
他的双眼，张望在紧锁的
眉下。而他的内心里已经
再次立定的那些话，

不是他所有的（因为他曾有的，
已经何等爱惜地被浪费），
而是另外的，坚硬的：铁物、石头，
他必使它们好像火山一样融化，

好让它们在他口的爆发中
喷发，在那咒诅又咒诅的口；
那时他的额，好像狗的
额，试图戴上那

主从他的额上拿走的：
这个，这个，他们全都找到了，
他们跟从这巨大的指示之手，
指向**他**的手，像**他**一样：愤怒地。

耶利米[590]

曾经我柔弱得好像早熟的麦子，
但是，你啊烈怒者，你却已经能够
把我递出去的心加以刺激，
使它此刻好像狮子一样激动。

我的哪张口你在指望，
那时，我几乎还是孩子，
一道伤口就成了我的口，如今，
正向外血涌着一个又一个凶年。

日日我发出声音，因新的困顿，
那些困顿，无厌者啊，你所制造的，
它们并不能杀死我的口；
留神看吧，你会使我的口平复，

一旦，那些我们所捣碎毁坏的

变得无望，在危险里
开始远遁、开始流逝：
我就想要在废墟之中
最后再听一次我的声音，
从最开始它本就是哀哭。

一位女预言家[591]

从前，很久以前，人们称她为老妇。
然而她一直留存着，出现在同一条街上
日复一日。于是人们改变了标准，
人们点数她，说她像森林，

已历经了数百年。然而她
每个黄昏都站在同一个地方，
黑黑的像一座古老的堡垒，
高大、空洞，焚烧殆尽；

那些话语，无人看守，
违逆着她的意志在她里面增长，
不断地环绕着呼号环绕着飞翔，
那些话语同时又已经再次归回，
幽暗地在她的眼眉下

安坐，准备好夜的来临。

押沙龙败死[592]

他们用电光高举旗帜：
丝绸的、波浪般宽展的
旗，被从号角里涌出的风暴
鼓胀。尊贵的被照亮者
在高敞的帐篷里，
被欢呼的人民包围着，
占有了十个妇人，

她们（习惯了老去的王
节俭的夜与作为）[593]
在他的焦渴下
起伏如夏日青苗。

然后他走出来说话。
何等的毫无弱相，
每一个接近他的人，
都因他的光而目眩。

他也这样行在军队前列，

好像一颗星行在年之前；
一切的戈矛之上
他热情的发飘飞，
不被头盔束缚，
但让他时而生恨，
他恨他的发竟重过
他最贵重的袍服。

王已经吩咐，
要爱惜这位美男子。
但是有人见他，没有
头盔，在被威胁的
地方，将最可憎的虬结
劈裂成死者红色的
片段。
后来很久无人知道
他，直到突然有人
喊：他在那后面吊在
笃耨香树上，
眉峰紧锁。

暗示这些就已足够。
约押，如一个猎人，
发现了头发——：一根歪斜

翻转的枝丫：挂在那里。
他刺透那纤细的哀求者，
他拿兵器的少年人
刺戳着那人，左左右右。

以斯帖[594]

宫女们梳了七日，把她
伤悲的灰烬、磨难的余滴
与沉淀，梳离她的头发，
她们托着她的头发到户外晒，
她们养她的头发以纯的香料，
依然日复一日：然后，那个

日子到了，于是她，未蒙答允，
未到期限，像死者中的一位
踏进惘吓着的敞开的王宫，
靠在她的梳头女身上，只为立刻
在她道路的尽头望见*那位*
一接近他就会因他而死的人。

他闪着光芒，使她感到自己
头上冠冕的绿宝石在燃烧；

他的神情迅速充满了她，
她像一个容器，早已足够满，

早已被王的权柄所淹没，
在她还没有行过第三殿，
正被墙上的孔雀石绿色地
轻笼之前。她不曾料到

要与所有的宝石走如此长的路，
那些宝石，因王的光芒而更沉重，
因她的恐惧而冰冷。她行走着，行走——

终于她，几乎在近处，看见，
端坐在碧玺制成的宝座上，
他，岿然，真实如一个物：

宫女中左首的一位迎接了
这位消逝中的人儿，扶她就座。
他用手中的杖头触碰了她：
……而她毫无知觉地抓住它，在内部。

生大麻风的王[595]

那时大麻风从他的额头踏出，
霎时间立在他的冠冕下，
似乎它是王，君临一切惊惧，
它行入其他人，那些人不知所措，

在可怕的事情发生之后，呆视着
那位，那位瘦削得好像被捆扎的人
期待着有人击打它；
但是还没有人能够做到：
似乎它只是被越发不受影响地制造着，
被那传染着的新威严。

三生者与三死者的传说[596]

三位大人鹰猎完毕，
欣欢喜悦于高筵。
白发老者占用了他们，
将他们引领。骑者散开，
停马于三层石棺之前，

石棺向他们发出三次恶臭，

向口、向鼻、向看觑；
于是他们立刻知道：中间
久卧着陨落中的三位死者，
听任自己骇人地离去。

他们只是还拥有敏锐的
猎人听觉，在疾风绊的后面；
但是那位老者在耳边嘘声：
——他们没有穿过针的眼，
也从未——穿进去。[597]

此时他们依然葆有清晰的触觉，
因田猎而燥热、敏感；
但是那触觉从身后获得一丝寒气，
将冰冷驱入流出的汗。

明斯特王[598]

王剃了头发；
王冠对他显得太大，
微微压弯了耳朵，
耳中时不时

有恶意的喧闹
从饥饿的嘴里传入。
他坐着，以温暖之名，
支起他的左手，

怏怏不乐而臀部发沉。
他不再感觉到真实的自己：
主在他里面节制，
同房是恶劣的。

死神之舞[599]

她们不需要任何伴舞乐队；
她们听见自己身里的号啕，
似乎她们就是夜枭之巢。
她们的惊惧如肿块在渗漉，
她们的腐烂预先发出的气味
尚属她们最好的气味。

她们更紧地抓住舞者，
那个肋骨镶边的舞者，
那个情夫，那个被唾弃的
替补者，成为完整的一对。

而他松开教团修女
头上的帕子；
他们舞蹈在相同者中间。
他悄悄抽出
蜡白色的书签
从她的时辰祈祷书里。

很快他们全都感到太热，
他们穿得实在太多；
腥臊的汗水让他们败兴，
对额、对臀，
对宽袖长外套、帽子和宝石；
他们愿望着自己能赤裸，
像孩子、像疯子，像一个：
合着拍子一直舞蹈的。

末日的审判[600]

如此惊惧，好像他们从未惊惧过，
毫无秩序，屡次被洞穿，轻浮地，
他们蹲着，身披他们耕地爆裂的
赭石，并不从他们的裹尸布上

去掉那些他们慢慢爱上的事物。
但天使到来，将油
滴入干枯的髋臼，
在每个人的腋窝里

放入他们从前在生命的
喧嚷中不曾亵渎的事物；
因为腋窝里还有些微温暖，

还不至于使主的手在上面
变冷，在主从各个角度悄悄
抓住它，感觉它是否值得的时候。

试探[601]

不，毫无益处，即使他将尖刺
打入自己淫荡的肉体；
一切他妊娠的感官
都在临产的不断尖叫中抛出

一个个早产儿：歪斜地、睥睨地
蠕动着、飞动着的面孔，
侄女，侄女的恶毒只热衷于

他，混合着，将他游戏。

他的感官已经拥有子孙；
因为无赖在夜里丰产，
身披越来越花哨的斑点，
草率敷衍、百倍加增。
从整体中一种饮料被制造：
他的双手全然握住手柄，
他的影子推开自己，像大腿一样
温暖，向着拥抱醒转——。

于是他呼叫天使，呼叫着：
天使来临，放着光，
停在那里：将这些
再次驱入圣者的身内，

于是他同群魔与群兽
在自身里仿佛多年前就不断搏斗，
而上帝，那久未得以澄清者，
在他的里面因发酵而蒸馏。

炼金术士[602]

罕见地微笑着，实验者推开
欲静还动烟雾腾腾的烧瓶。
这一刻他知道他还需要什么，
才能让那非常尊贵的物体

在那里面生成。他需要时间，
数千年，给自己，给这个内部
沸腾着的球形瓶；脑中要有星辰，
意识中至少还要有海。

这非凡之物，他曾经欲求的，
今夜被他放走。已经返身
归向神，进入神古老的尺规；

但他，嘟囔着如一个醉汉，
伏在秘密抽屉上，渴盼着
他拥有了的黄金碎块。

圣物匣[603]

在外面等待着一切环圈、

等待着每一个链环的，
是并非没有它们也发生的命运。
在里面它们只是物，铁匠
锻造出的物；因为铁匠面前，
就是他在弯曲的王冠也只是
一个物，一个颤抖着的物，一个
他阴森地如在恼怒中为一块
纯粹的宝石而打造的底座。

他的目光越来越冰冷，
因冰冷的每日饮料；
但最终，华丽的容器
（镂金、昂贵、许多克拉的）
完美立在他面前，那还愿的祭物，
里面，一段小小的手腕
从此安居，白而充满奇迹：

于是他无止境地保持着跪拜，
倒在地上，哭泣着，不再放胆，
使自己的灵魂沉淀
在这安静的红宝石之前，
红宝石恍然觉察到他，
对他，骤然探问他的此在，
凝视他，如从许多王朝里。

黄金

想啊它本不存在：它可能
最终会诞生在群山里，
沉淀在河流中，
出于意欲，出于他们

意志的酝酿；出于强制观念，
一块矿石超越了一切矿石。
它们总是再一次从心中
将麦罗埃[604]远抛

在大地的边缘，在苍穹里，
在经验之物的上空；
阳光在将来会偶尔带来
先祖的被预告之物，
被锻炼，被尊敬，被带回家；

在家里它成长了一段时间，为了
然后离开那些因它而衰弱的人，
那些人它从未慢慢爱上。
只是（有人这样说）在最后的夜里
它才站起身，将他们打量。

柱顶修士[605]

众民一起攻击他，
那些他可以遴选和咒诅的；
猜测到自己在消失，
他摆脱民气，以冻僵的
双手，在柱身向上攀爬，

他一直攀登，不再举高什么，
然后开始，孤独在自己的表面，
全然从头开始将自己的弱点
与主的赞扬相比较；

他比较着：没有尽头；
另一个越来越尊大。
而牧人、农夫与筏工
看见他渺小而忘我地

一直在与整个天空交谈，
有时雨淋，有时光照；
他的号哭扑向每一个人，
就像他对着每个人脸号哭。
但是多年来他没有看见

人群的熙来攘往东奔西走
在下面不断地充实，
光闪之物在王侯身上闪光，
远远没有上达这般高。

但他在上面，几乎被咒诅，
被他们的对抗所折磨，
寂寞地以绝望的嘶喊
摇动每日的魔鬼：
于是慢慢落在第一排，
沉重而笨拙地离开他的伤口，
条条大蠕虫落入空置的王冠，
繁殖在天鹅绒里。

埃及的马利亚[606]

自从那时，激情于床笫，作为妓女
她越过约旦逃离，如一座坟墓
给予着，强力而无法混杂地给出
永恒的纯洁之心以供吮吸，

她从前的肉身付出不断增长，
不可阻挡地成为尊大，

使得她最终，如永在的裸女，
属于所有人，泛黄的象牙一样，

陈放在那里，以干枯的头发为衣。
一头狮子在逡巡；于是一位老者
向狮子招手吁请帮助：

（就这样他们二者挖掘着。）

老人将她垂入里面。
而狮子，如一个扶盾，
蹲踞在一旁，持握着碑石。

被钉十字架[607]

早已练习过向荒凉的绞刑场
催促某一个恶棍去往，
粗壮的兵丁得以偶尔
只是将一张巨大的丑脸

转向那被处死的三个。
上面那个仇视的刽子手
已快速处置完毕；完成之后

那些空闲的男人得以闲逛。

直到其中一个（满身污渍像个屠户）
说：百夫长，这个还在喊。
百夫长在马上观瞧：哪一个？
而百夫长本人以为自己听见

他在呼叫“以利亚”。一切人
都因此满怀兴致地望去，
于是，因为他还没有断气，
他们贪婪地把整个醋和苦胆
放在他渐渐弱去的不断咳嗽上。

因为他们希望还有整出戏，
或许还会有将临的以利亚。
但是身后远处在哭喊的是马利亚，
而他本人又大声喊叫，气就断了。

复活者[608]

他直到最后也未能够
拒绝或者全然否定
她去将她的爱情炫耀；

她跌坐在十字架旁，一身
痛苦的服装，镶满了
她的爱情最大的珠宝。

但后来，她为了给他涂油
来到坟墓前，泪水满面，
他却因她的缘故而复活，
于是他更幸福地对她说：不要——

她这才在他们的洞穴里理解了：
他，因他的死而强健，
最终不准她用油减轻他的痛苦，
用触摸来将他预感，

而这，是为了把她塑造成爱者，
不再向被爱者屈身的爱者，
因为她，着迷于盛大的
狂风，已将他的声音越过。

尊主颂[609]

她在坡上向上走，已然艰难，几乎不再
相信安慰、希望或者劝告；

但是那位高龄而怀胎的德劭老妇
严肃而骄傲地迎向她，

没有依凭自己的信靠就知道了一切，
于是她骤然因老妇而得到休息；
两位满盈的妇女谨慎地彼此拉着手，
直到年轻的说：我心感到，

似乎从今以后，敬爱的，我会永在。
上帝把虚荣灌进富人的里面，
却几乎没有看一眼他们的微光；
但是他却细心为自己寻找一个女人，
用他最遥远的时间将她充满。

他找到了我。想啊；唯我之故
而发出吩咐，从星辰到星辰——。
颂扬吧、尊崇吧，我的心，
这样你就能高高地懂得主。

亚当[610]

惊异地，他站在大教堂
陡峭的上升中，毗邻玫瑰窗，

何其惊惧，因为被尊为神者，
那成长着的，一瞬间将他

下放于这与这之上的。
他耸起着，喜悦于自己的持存，
直似果决；作为农夫，
他开始劳作，不知道，如何

在尽善尽美的伊甸园里找到
通往新天新地的一条
出路。上帝难以被说服；

上帝不是允诺他，而是恫吓他，
总是再一次，说他将会死去。
但是人类常存：因为她将要生育。

夏娃

简朴地，她站在大教堂
巨大的上升中，毗邻玫瑰窗，
拿着苹果，以苹果树的姿态，
无罪又有罪地、一劳永逸地

立在她所分娩的成长者之上[611]，
自从她从永恒的圈里
恋恋地离开，为了闯过
大地，像一个年轻的年。

唉，她多么想在那土地上
再逗留片刻，照看
动物们的和睦与理解。

但是她果决地找到那个男人，
与他同行，追求着死亡；
她几乎还不认识上帝。

精神错乱在花园里[612]

第戎

依然，废弃的加尔都西修道院[613]合拢
在庭院的周围，好似某物在愈合。
此刻他们居住着的修道院也休歇了，
关心的并不是外面的生活。

凡是能够到来的，都已经离去。
此时他们喜欢伴着熟悉的路走，

他们彼此相离然后又彼此相迎，
似乎在循环，甘心地、原始地。

虽然若干人在那里莳弄春的花畦，
谦恭、寒酸、跪而不起；
但他们，无人看见的时候，却拥有
一个被刻意隐瞒、被歪曲的、

为柔弱早生的草而做出的姿势，
拥有一个被审视、被恫吓的爱抚：
因为草是友善的，玫瑰的红
也许会成为威胁与过度，

也许已经再一次超越了
他们的灵魂重新认出、明白的事物。
但依然得以隐瞒的是：
草的好与草的轻。

精神病人

而他们在沉默，因为隔墙
已从他们的知觉里移走，
时辰，他们被理解的时辰，

开始着，流走着。

时常夜里，他们走到窗前：
骤然一切都是好的。
他们的手放在具体之物中，
他们的心高贵，能够祈祷，
他们的眼休憩之后望着

意料之外的、时常被歪曲的
花园，在静息的四方形里，
花园在陌生的世界的映像里
不断增长、从未消失。

录自一位圣者的生平[614]

他熟悉恐惧，恐惧的开始
恰如死亡，让人无法忍受。
他的心已学会慢慢走过；
心被他牵着，大如一个儿子。

他熟悉困境，那么不可名状，
黑暗得如棚屋一样没有黎明；
他的灵魂长成的时候，他就

顺从地将它献出，以裨它能

躺在它的新郎与主身边；[615]而他
孤独地留在这样一个地方，
这个地方孤独夸大了一切，
宽敞地居住着，从未欲求话语。

但缘于此，一次次之后，他也
历经了幸福，以自己的手，
凭借手，他领受到，一丝柔情
躺卧如完整的受造之物。

群丐[616]

你不知道，这一群是什么
构成的。一个外国人在里面
发现了乞丐群。他们在贩卖
他们的手形成的空洞。

他们向旅游至此的人展示
他们的口充满粪便，
而他可以（他可能享受）
看见，他们的麻风怎样糜烂。

溶化在他们被搅拌的
目光里的，是他外国人的脸；
他们因这个受骗者而欣喜，
他开口，他们就弃唾。

外国家庭[617]

恰如尘土，不知怎的就开始了，
却无处存身，为解释不清的目的，
在一个虚空的早晨，在有人
看见的角落，疾速流淌成灰色，

他们就这般从天晓得的什么中成形，
在你的脚步抵达前的最后一个瞬，
他们成为某种不确定，在小巷
潮湿的沉淀中间，将你

企盼。或者并不企盼你。
因为一个声音，仿佛出自去年，
虽然歌颂你却又保持着哭泣；
一只手，就像被借了出去，
虽然伸上来却又并不握你的手。
来的究竟还有谁？这四个人想的是谁？

洗尸[618]

她们对他已经感到习惯。但是
厨房的灯出现，不安地燃烧在
幽暗的穿堂风里，不熟悉者却变得
全然不熟悉。她们清洗他的脖颈，

因为她们对他的命运一无所知，
于是她们一边编造出另一个，
一边不断地清洗。一个不得不咳嗽，
于是把沉沉的渍醋的海绵放在

他的脸上。这也将一个歇息
给了另一位。她的硬刷上
液滴点点滴落；他骇人的、
紧攥的手想要向整个屋子
证明，证明他不再口渴。

他证明了。她们似乎有些
尴尬，短促地咳了咳，急忙
开始工作，于是墙纸上
她们扭曲的影子蜿蜒、翻滚

在寂哑的图案里像在一张网里，

就这样一直到清洗工作结束。
黑夜在未挂窗帘的窗框里
肆无忌惮。一个没有名字的人
躺在那里，赤裸而洁净，给出律法。

老妇之一[619]

巴黎

有时在黄昏里（你可知道会怎样？）
她们突然停下，向后点头，
一个微笑，恰如出自补丁，
显示在她们的半帽之下。

她们旁边此外就是一座大厦，
没有尽头，沿着你她们诱惑着你，
用她们疥癣的谜，
用帽子、披肩和步姿。

用手，在背后的领子下
秘密地等待，企盼着你：
像是为了将你的双手包入
一张捡到的纸里。

盲人

巴黎

看呐，他走着，中断了城市，
城市并不在他幽暗的位置上，
他像幽暗的裂痕穿过明亮的
杯盏。[620]物的映像，画在

他的身上就像画在一片
树叶上；他并不接受那映像。
只有他的触摸活动着，仿佛捉住
了世界，在细小的波浪里：

一个寂静、一个阻力——，
于是他恍然在等待选择谁：
他递举出他的手，
紧紧地，恍如为了结婚。

枯女

轻轻地，仿佛已是死后，
她戴着手套、丝巾。
一缕清香从她的五斗橱里

排放出可爱的气味，

从前她从中认清了自己。
现在她久已不问，我
是谁（：一个远亲），
而是漫步在想象里，

照料着一个惶恐的居室，
居室被她整理被她爱惜，
因为也许还一直
居住着同一位少女。

晚餐[621]

永在之物想要找我们。是谁拣选、
分开了那些巨大和微小的力量？
透过商店的胧明，你可看清
晚餐在明净的后房里？

他们互相拿，他们互相递，
他们的动作中谦逊而凝重。
从他们的手中升起一个个暗号；
他们不知道，是他们在做暗号，

他们始终崭新地插入随便的
话语：我要喝这个，分我些这个。
因为在逗留的时候，无人
不是处处秘密地从此处离去的。

那一位不是始终坐在他们中间吗？
他被双亲惶恐地服侍着，
在完结的时刻他就送出他们。
（出售他们，他觉得太过分。）

火场

被狐疑的初秋清晨躲避，
烤焦的房前椴树挤压着
草原房屋，树后偃卧着
一个新物，空物。更是一个地方，

孩子们，从上帝才知道的地方来，
互相叫喊着，追逐着碎片。
但是一切都变得寂静，每逢他，
这家的儿子，从滚烫、半已成灰的

屋梁，把锅和已经弯曲的木盆

拖到一个长长的叉状树杈上，——
然后似在说谎地，向
其他人望了望，说服其他人

相信这个地方立着什么。
自从它不复存在，它就让他感到如此
奇异：奇幻得胜过了法老。
而他已经不一样。就像来自遥远的国度。

班子[622]

巴黎

好似一个人飞速采撷一束花：
“偶然”匆匆整理着视线，
将视线松散又再度压得更紧，
抓住两个远的，放开一个近的，

将这个换成那个，吹出一个新的，
将一条狗从混合物里像杂草一样抛出，
拖着那看似低贱的，像穿过杂乱的
茎梗与叶片一样，拖着头拖到前面，

从边上将之捆扎成极小的一团；

又再度伸开，变化着，摆放着，
刚好有时间在目光里面

倒翻着跃回垫子的中央，
垫子上，在随后的瞬间，光滑的
摆锤将自己的重量鼓胀。

弄蛇

集市里，摇摆着，弄蛇人吹响
葫芦笛，葫芦笛引诱着抚慰着，
却可能是一个听者被弄蛇人本人
诱引而来，全然从货摊的

嘈杂声中进入笛子的圈里，
笛子欲求、欲求再欲求，终于
使那爬行动物在篓里坚挺，
然后谄媚地将那坚挺软化，

越来越眩晕越来越盲目，交替着
那惊恐着伸展着的，交替着那松开着的——；
然后一瞥就已足够：就这样这个印度人
喂给你一个异国的女人，

于是你死在她里面。似乎，炽红着的天空
将你笼罩。一道裂痕穿过
你的目光。各种香料躺卧在
你北方的回忆里，

回忆却对你毫无裨益。没有力量加护你，
太阳在发酵，高烧在坠落在撞击；
从邪恶的喜悦里坚挺而出的是一棵棵茎，
在蛇群里闪动着光芒的是毒汁。

黑猫[623]

一个幽灵依然像一个地方，
被你的目光撞出一个响动；
但这里在这黑色的皮毛上
你至强的凝望却张皇、消溶：

像一个狂怒者，带着至满的
恼怒重重踏入黑色里面，
陡然在一个单间里被褫夺的
枕头上停步、蒸发不见。

一切目光，曾经将它击中，

恍然就这样被它在身上藏匿，
以便在上面威吓而愠怒地
战栗，同目光一道睡去。
但是像被唤醒，它霎时间扭转
它的视线，转入你视线的中央：
于是你出乎意料地再次遇见
你的目光，在它圆圆眼球之石
黄色的龙涎香之中：被封锁，
像一只绝种的昆虫。

复活节前

那波利[624]

明天，这些被深深铭刻的、
穿过堆积起的居住、在底下
幽暗地拥向码头的小巷里，
游行的黄金将明亮地滚动而过；
继承来的床单将取代
碎布，意欲飘飞，
从越来越高的阳台上
（仿佛倒映在流淌之物里）垂落。

但今天一个满载者

每个瞬间都在抽打老马，
老马始终吃力驮着新购之物；
但是货摊却依然充裕。
街角一头被剖开的公牛
展示着它新鲜的内壁，
一切的奔跑终止在小旗里。
一件货物仿佛从千个牺牲品中

拥挤而出，挤到条案上，挂在桩子四周，
自抑着、隆起着、翻滚着，从所有门的
暮色中出来，甜瓜的
开裂前面，伸开四肢躺着面包。
充满贪欲与交易的是那死的；
但是更静的是那些小公鸡
和风干的公山羊，
而悄静至极的是那些小羊羔，

被男孩们扛在肩上，
甘心地在他们的脚步里一步一点头；
墙上是罩着玻璃的
西班牙圣母[625]，针饰和
头冠上的白银
因光的预感而更光闪地
烁闪。但上面的窗里

转瞬即逝地露出一只猴子，
敏捷地以一种被赋予能力的
态度炫耀着手势，但并非在派送。

阳台[626]

那波利

上方，被阳台的狭仄
安排，像被一位画家安排，
被捆扎，像被捆扎成一束
老去的脸，椭圆、
清晰在黄昏里，看上去更理想、
更动人，仿佛恒久。

这彼此相倚的姊妹，
她们，似乎久远以来
全无指望地彼此渴望、
倚靠，寂寞靠着寂寞。

而兄弟，带着庄重的
沉默，闭锁着，充满宿命，
但是却被一道温柔的目光
不被觉察地与母亲比较；

他们中间，老朽而形状略长，
久已不再与谁有亲缘，
是一张老妪的假面，落落寡欢，
仿佛坠落中被一只手

拦住，与此同时，另一只
更枯萎的手，似乎在继续滑翔，
滑过下面悬在衣服前
在婴儿面孔的旁，
那面孔是最后一位的，被试探，被褪色，
被栏杆再次涂抹，
仿佛依然不能确定，仿佛依然不在。

移民之船[627]

想啊：一个人热切、炽热地逃亡，
种种胜利就在身后，
霎时间逃亡者
短促地、出乎意料地转身
面对数百人——：果实
炽红的光就这般剧烈地
总是再一次投身蓝色的海：

徐缓的橙艇
将果实一直运到巨大的
灰色的船上，那艘船，一阵又一阵，
有其他小艇送上鱼、面包，——
那艘船，满带嘲讽，将煤块
纳入子宫，开敞着如同死亡。

风景

仿佛最后，一个瞬间里
被堆起，从山坡、房屋、
古老天空的片断和断裂的桥，
从对面而来，被日落
击伤，仿佛被宿命击伤，
被控告、被撕裂、开敞——
村庄在那里悲剧地终结：

似乎并非忽然落入伤口，
而是洇散在伤口里，来自下一刻的
那滴清凉的蓝，
已然在黄昏里掺入了黑夜，
已然令那远远被煽燃的
缓缓熄灭，仿佛被拯救。

安静的是大门与门拱，
透明的云波涌
在灰白的屋列上空，
早已将黑暗吸入自身；
但突然月亮的一道光
飘过，明亮，恍如一个
大天使在某处抽出他的剑。

罗马Campagna[628]

塞满的城，宁愿沉睡，
梦着高耸的浴场，笔直的
墓道走出城，走向高烧；
而最后农场里的窗户，

目送着它，目光邪恶。
它感受着众窗，在后颈，
它离去，左左右右毁坏着，
直至它在外面气喘着恳请

将它的虚空举向层层苍天，
它匆匆地四望，是否有窗
并不打击它。就在它挥手示意

辽阔的高架水渠前来的时候，
重天却将它们的虚空赠与它，
它们的比它活得更久的虚空。

海之歌

Capri. Piccola Marina[629]

来自海的太古吹拂啊，
夜里的海风：
你不向任何人而来；
一旦谁醒着，
他就必须知道，怎样
将你忍耐：
来自海的太古吹拂啊，
吹拂着
仿佛只为太古之岩，
将喧嚣的空间
辽远地拖引而来……

啊何等地体味着你，
一株萌芽的无花果树
在头上的月光里。

夜行

圣彼得堡[630]

那时我们乘着光滑的快步马，
（黑色，奥尔洛夫马场的[631]）——，
高高的枝形路灯背后，
城市夜的前锋偃卧着，提早而至，
喑哑地，没有任何时辰更加相适——，
我们行驶，不：是飞逝或飞翔，
我们绕过重压着的宫殿
转入涅瓦大街的风吹，

着迷地穿行在醒着的入夜里，
入夜既不拥有天也不拥有地，——
那时无人看守的花园内
迫切之物发酵着从夏园
升起，夏园的石像
伴着软弱无力的轮廓缩小，
消逝在我们身后，在我们的行驶中——；

那时这座城停止了
存在。霎时间它承认
自己从未存在过，除了休息别无
所欲；如一个疯子，背叛过他的

纷乱，突然在他面前不再纷乱，
他感觉到，患病一年之久
根本没有改变的思想，
他想必从未再想过的：那花岗岩——
从空荡荡摇晃着的脑中
坠落，直到不再被人看见。

鹦鹉园[632]

巴黎

在盛开的土耳其椴树[633]下，在草地的边上，
两条腿因乡愁而轻轻摇晃，
金刚鹦鹉呼吸着、了解着自己的家国，
那是，即使并不放眼望去，也不会改变的。

陌生地一身忙碌的绿色，如一场检阅，
它们矫揉造作，自以为太可惜，
以碧玉与翡翠而成的贵重的喙
它们啄着灰色，将之贱卖，感觉到乏味。

它们不屑的黯淡的鸽子在底下拾捡，
它们讥讽地鞠躬致意，在上方，
在几乎都被挥霍殆尽的两个食槽之间。

但随后它们再次摇摆着渴睡着张望着，
游戏着那喜欢说谎的黑色的舌，
心不在焉于踝上的链。等待着见证者。

园林

1

不可阻挡地，园林耸立，
出自温柔衰落的过去；
堆满了重天与超强的
超然挺立着的流转物，

只为在晴明的芳草地上
伸展、迁返，
总是伴着同样至尊的
奢华，仿佛被这奢华保护，

依然加增着王侯的尊大
那用之不竭的收益，
从自身上升，向自身回归：
仁慈、光耀、紫色而豪华。

2

悄悄地被林荫路
打动，时左时右，
跟随着某一个招手
不断前行，

一瞬间你踏入了
聚会，与一个
带有四张石凳的
树荫下的水盘；

踏入一段被割断的
孤独流走着的时间。
潮湿的基座上，
不再有什么站立，

你放上一个深深
期待着的呼吸；
因幽暗的曲线上
银色的滴落

已然将你算作
它的，不断地讲述。

你感觉着自己，在静听着的
石中，一动不动。

3

池塘与被围绕着的水塘，
人们始终向它们刻意隐瞒着
王的查问。它们等待在雾霭下，
每个瞬间Monseigneur[634]都可能

一旁而过；于是它们想要
将王的欢喜或伤悲缓和，
想要在大理石的边缘再次
将壁毯用古老的倒影

悬挂，仿佛包围着一个广场：
绿的底色上，带着银、紫、灰、
持续的白与轻轻触动的蓝，
还有一位王与一位妇人，
还有繁花在波涌的镶边上。

4

而大自然，庄严而似乎只会
违背无决心的天命，
从这些王的手中拿走法律，
自感幸福地，只求向Tapis-vert[635]

将自己的树的梦与夸张
用鼓胀的绿堆聚起来，
将黄昏按照热恋者的
描述向林荫道上

用柔软的画笔绘入，
画笔，闪着光，恍然蕴含着一抹
清漆般清澈、消溶着的微笑：

将大自然一个可爱者，
不最大但却是它亲自借出的，
在遍开玫瑰的爱情岛上[636]
最终培植成更大的一个。

5

属于林荫路与阳台的众神，
从未完全获得人们的信仰，
老去在修剪得笔直的道路上，
最多是，戴安娜[637]被含笑注视，
那时君王的Venerie[638]

风一样将高远的清晨平分着
冲破，急急复急急——；
最多是，众神被含笑注视，

但从未被恳求。笔名
花花公子，他们中有人
隐匿自我、盛开或者燃烧，——
被轻轻弯垂、微笑着使用的
众神，依然有时偶尔

给予着他们当初允诺给予的，
当迷醉的花园以盛开
接受了他们冰冷姿态的时候；
当他们全然因第一道阴影而震动，
给出一个又一个诺言的时候，
一切都没有限制无法确定。

6

你感到了吗，一切道路
无一停下、中止；
从冷漠无情的台阶滚落，
被斜坡用一个一无所是
悄然地不断卷曲，
越过一切露台，
道路，在团块之间
被放缓、被引导，
一直通达宽阔的池塘，
那里，道路（如一个相似之物）
被富贵的园林赠与

富贵的空间：其中一条路，
通过影像与映像
获得自己的财物，
从中在各个方面
将宽阔带在身上，
从合拢的水塘
在云翳着的晚祷中
向长天摇摇跃入。

7

但那些盘，里面，那伊阿得斯[639]
不再沐浴的倒影仿佛溺死，
那些盘显得难看扭曲；
林荫路仿佛被栏杆
在远处遮堵。

一阵湿漉漉的叶落穿过空气
一直在落，仿佛落在台阶上，
一声声鸟鸣仿佛声名狼藉，
一只只夜莺仿佛被毒杀。

即使春天在那里，却不再给予，
这些灌木也并不将春天信奉；
不情愿地混浊地散逸着芬芳，
是活得太久站得太久的茉莉，

衰老地，与衰变之物混合在一起。
一群蚊子与你一道继续移动，
一切似乎就在你的背后
同时被销毁被磨灭。

肖像[640]

因为从放弃的脸上
她巨大的苦痛无一坠落，
所以缓缓穿过悲剧，她戴着
她的神色那美丽枯萎的花束，
花束被野蛮捆扎，已近乎松脱；
有时落出来，如夜来香，
一丝迷茫的微笑，疲惫着。

她漠然走到上方，
疲惫地，双手美丽而盲目，
知道自己找不到什么，——

她说着虚构，任意
一个、被欲求的，命运在里面摇曳，
她把她灵魂的意义给予这个虚构，
于是这虚构爆发，如一个不同寻常：
如一块岩石的嘶喊——

而她听任，高高扬起下颌，
听任所有这些话语再次坠落，
毫无挽留；因为不是来自于一切的一个
与伤痛的真实相称，

她唯一的财产，
她不得不将之像无脚的容器一样
举起，高高地举过她的名誉，
举过黄昏的进程。

威尼斯清晨

献给里夏德·贝尔－霍夫曼[641]

王侯一样挑剔的窗始终在看
那有时屈尊将我们烦劳的：
城，总是再一次，在天空的
微光邂逅潮水的情感之处

形成着，却何时也不存在。
每一个清晨必定首先向她
展示她昨日戴过的猫眼石，
在运河里绘画出一条条倒影，
让她回忆起另一次：
然后她才承认自己，想起自己，

像一位迎接宙斯的宁芙[642]。
耳环琤琮在她的耳垂；
她举起San Giorgio Maggiore[643]，

慵懒地微笑着，向着美的事物。

威尼斯晚秋

如今，城再也不像诱饵一样
漂浮着将一切浮出的白昼捕获。
玻璃的宫殿更易碎地鸣响
在你的目光里。从花园里垂下，

夏天如一群木偶，
前倾着、疲惫地、被杀戮。
但古老的森林之骸形成的地基里
有意志升起：似乎历经黑夜，

海上的将军[644]应该将桨帆战舰
在醒着的造船厂里倍增，
好让次晨的空气被一只舰队

涂上焦油，那舰队，万桨齐发，
前呼后拥，众旗招展出黎明，遽然
拥有了大风，光耀而宿命。

San Marco[645]

威尼斯

这内部，隆起如同被掏空，
在金闪闪的蓝玻璃里转身，
圆棱、光滑、精致地涂过漆，
里面，这个国的暗被保持，

被隐秘地堆聚，作为光的
平衡，在一切属于它的物中
加增，几乎令那些物消逝——。
而突然你怀疑：它们不消逝吗？

你将坚硬的画廊推向后，
画廊，如矿山里的坑道，在穹顶
光芒的侧畔垂挂；你认出远景

完好的明亮：但不知怎样地
竟忧伤地测量起它疲惫的片刻，
在驷马挺立的近旁[646]。

一位威尼斯总督[647]

外国的众使节觉悟到，他们
舍不得他与他所做出的一切；
这位金闪闪的总督，一面被他们
刺激得伟大，一面被他们

以越来越多的间谍与制约者包围，
他们害怕降临到他们身上的不是权力，
他们曾用权力（就像人们控制狮子那样）
小心翼翼地喂养他。然而他，

在他半遮的思想的保护下，
似未觉察到自己的思想，并未停止
使之变得更伟大。他内心里

这些Signoria[648]以为已经征服的，
却被他所征服。在他花白的头颅里
被击败。被他的面容显示出来。

琉特

我是琉特。如果你想把我的身体

描述，描述它美丽隆起的线条：
那么述说吧，就像你在述说一棵成熟
隆起的无花果。夸张那

幽暗吧，你在我的里面看见的。那是
图莉亚[649]的幽暗。她羞处里
并没有这么多幽暗，她被照亮的发
恰如一间明亮的厅堂。时而她

从我的表面将某些声响取入
她的视线，向着我歌唱。
于是我绷紧自己迎向她的弱点，
最终我的内心留在她的里面。

冒险家[650]

1

踏入那些曾经的女人之中的
时候，他这位突然者、光艳者，
被一道仿佛出自危险的光芒
包围在留空的房间里，

他微笑着穿过房间，为一位
公爵夫人将折扇拾起：
这只温暖的折扇，他恰恰
就想见到它坠落。而无人

同他一道踏进窗龛的时候
（无论他何时指向园林，
园林都会立刻升入迷梦中），
他懒散地走上牌桌，
大获全胜。不曾

疏于保留所有那些目光，
那些怀疑或者柔情地与他相遇的
目光，甚至与落在镜中的一样。
他决定今天也要不眠，

就像是最后的长夜，他垂下
一道目光，带着他曾有的
肆无忌惮：好似他拥有了不知
何处培养出来的玫瑰的孩子。

2

那些日子里——（不，一日也没有），
潮水将他最低处的地牢
否认，似乎那并不属于他，
上涨着，将他推向已经
对那里习惯了的拱顶的石头，

他突然再次想起他从前曾经
使用过的那些名字里的一个。
于是他再次知道：他勾引的时候，
种种生活也就出现了；如飞翔着，

它们出现：死者们的依然温暖的生活，
那是他更无法忍受更感到威胁地
继续在其中生活着的生活；
或者是不曾尽情享受过的生活，
他知道要将它们超越，
让它们再次拥有意义。

时常没有任何一处让他更感安全，
他战栗着：我是—— —— ——
但随后一瞬间他又形如
一位女王的情人。

总是再一次需要拥有一个存在：
情窦初开的少年人的宿命，
似乎，并未被人称量过，
已然中断，已被取消，
他捡拾起，使它诚挚地沉迷；
因为他曾经不得不慢慢穿过
这些被放弃者的陵墓，
而他们可能性的芬芳
再次弥漫在风中。

鹰猎[651]

成为皇帝就意味着许多事无法
改变，要以秘密的行动来承当：
宰相在夜里登上教堂钟楼，
发现他正在讲说关于高级
鹰猎的大胆的皇家论文，

以伏案疾书的书写者身份；
他已经在偏僻的大厅里
亲自彻夜且多次
容忍那个依然不习惯的动物，

那动物正感到陌生、新奇，腾跃不息。
翻滚在心里的方案
或对深深在深心的排钟
柔情的回忆，他从不
忌惮于将之
鄙弃，唯这惶恐的

幼鹰之故，他没有宣布自己
已理解它的心血与忧虑。
当那只鸟，被主人赞扬，
光芒地被从手上抛起，在天上，
在同感的春晨，
像天使一样向鹭鸶俯冲的时候，
他也仿佛一同情绪高涨。

Corrida[652]

纪念1830年的蒙特斯

自从它，几乎尚幼，从那Toril[653]
冲出，眼与耳受到惊吓，
将Picador[654]的固执，
将带与钩，游戏一般

忍受，狂飙般的形象
不断增长——看呐：向着人群，
从古老的黑色仇恨中堆聚而起，
将头颅团成一个拳头，

不再迎着某一个人游戏，
不：血淋淋的颈钩扬起
在低垂的双角之后，知情地，
从始至终面对着那个

一身金色与淡紫的玫瑰色丝衣
骤然转身的人，恰如一群
蜜蜂，似乎刚好能容忍它，
让震惊的它在他的臂下

通过，——他的目光灼热地
又一次扬起，轻松地驾驭，
似乎外面的那个圈消失
在自身的光与暗中，
在他眼睑的每次撞击里，

他已经，沉着而不慌不忙地
侧身而立，冷静而懒散地
向再次汹汹而来的

巨浪，越过无望的冲撞，
将他的剑几近温柔地沉入。

唐璜的童年[655]

他的纤细里，已然几乎确定，
是没有女人而破碎的曲线；
有时，他的额不再躲避，
一丝偏爱穿过他的面孔，

去向一个走过的人，去向一个
向他隐瞒一张陌生古画的人：
他微笑了。他不再是爱哭鬼，
不再向暗中带入自己泼洒自己。

一个全新的自信
使他常常感到慰藉，近乎娇宠，
他肃然承受了女人们的整个目光，
那赞美他、撩动他的。

唐璜的抉择[656]

天使逼近他：为我
全部准备好。这是我的命令。
因为一个人跨越那些
使最甜的在他们那里
变苦的人，是我所亟需的。
虽然你也能够更好地爱少数人，
（不要打断我：你疯了吗），
但是你动情了，据记载
你会令许多女人
寂寞，她们拥有
这个渊深的入口。让她们
进入吧，我分派给你的，
使她们在成长中将爱洛漪丝[657]
忍耐着超过，哭喊着超过。

圣乔治[658]

而她已经跪着向他
求告了整夜，这柔弱
醒着的处女：看呐，这条龙，
我不知道它为什么要看守我。

于是他从清晨的灰白中突现，
胯下黄骠马，盔明甲亮，
他看见她，伤悲而中了魔法，
跪姿中仰望着

他身在其中的光芒。
而他闪光地疾驰，沿着大地，
高擎双手剑，俯冲进
敞开的危险，

太过骇人，但却是被企求的。
而她更跪伏地跪着，双手
合掌得更紧，使得他在经受她；
因为她不知道，这位经受者，

被她的纯洁与预备好的心，
在神性加护的光里
撞倒。在他的鏖战一边矗立着，
如教堂钟楼一样，是她的祈祷。

阳台上的贵妇[659]

蓦然她移步，裹身风中，

光亮在高光里，如被选取，
此时房间如被打磨，
在她身后充满房门，

幽暗如浮雕宝石的背景，
宝石边缘正微光隐隐；
你以为，尚未黄昏，她
走出去，只为将双手

放在栏杆上，稍稍远离
自身，——只为全然轻松：
从一切中移出，如天空
从屋列中被递出。

邂逅在栗树林荫路

入口处绿色的幽暗让他感到
清凉，如披上一件丝绸外衣，
被他依然拿着整理着的：似乎就在
在另一个透明的尽头上，远远地，

从绿色的太阳里，如从绿色的圆盘中，
白色地，一个单独的形象

突然闪现，然后长远地停留，
最终，从光的飘垂中
一步一起伏，

将一个明亮的更迭搬运到身上，
胆怯地在金黄中向后奔跑的更迭。
但霎时间阴影变深了，
双眼睁开，投向近处

一张新的清晰的脸，
那张脸如在肖像画里逗留
了片刻，当彼此再次分开时：
先是永在，然后不在了。

姐妹[660]

看，她们是何等同样可能地
不一样地打扮自己理解自己，
就好似人在不同时间里
走过两个相同的房间。

每一个都想支持另一个，
疲惫地靠着另一个休息；

她们可能不是彼此利用，
因为她们血连着血，

她们仿佛很早就温柔地互相触摸，
她们试探着沿着林荫路
感受对方的牵引，牵引着对方：
唉，她们却并不拥有同样的行程。

钢琴练习

夏日在哼唱。午后使人疲惫；
她迷惘地呼吸她新衣的气息，
一个真实之后的不耐，
沉入有分量的练习曲，

可能会出现，在明天，在今晚——，
或许已在那里，只是被隐瞒；
在高高而拥有一切的窗前，
她骤然觉察被娇宠的公园。

于是她中断练习；向外望去，双手
交叉；愿望着一本长书——
霎时间恼火地把茉莉花的气息

向后推开。她觉得，它伤害了她。

恋女

这是我的窗。刚刚
我这样温柔地醒来。
原以为，我会飘飞。
直达何处啊，我的生命？
何处开始啊，黑夜？

我能想到，一切
还都在我的周围；
透明得像水晶的
深渊，暗去，寂然。

我甚至能把繁星
揽在身内；我的心显得
这样巨大；这样喜欢
再次松开

也许我开始爱、
开始挽留的。
陌生地，仿佛从未写明，

我的命运注视着我。

为何，我卧在了
这无尽之下，
飘香如草地，
来回晃动，

呼唤却又害怕，
有人听到这呼唤，
会决定陨落
在另一个人心中。

玫瑰内部[661]

哪里是相对这个内部的
一个外部？哪种痛上
铺张了这样的亚麻布？
哪些天空倒映在
这些敞开的玫瑰
这些无忧无虑者
内湖的里面，看：
它们松散地在松散中
安卧，似乎一只颤抖的手

从未能够将它们覆盖。
它们几乎不能将自身
保持；许多任凭
自己过度充满、过度
流溢，从内部空间
进入那些日子，那些日子
越来越满地合拢自己，
直至整个夏天变成一个
房间，一个梦里的房间。

八十年代贵妇肖像[662]

等待着，她站在沉沉垂挂的
深色的缎面帷幕旁边，
虚假激情的一种挥霍，恍然
正被帷幕在她头上凝聚成团；

自从那依旧这般近的少女时代
仿佛与另一个人交换之后：
疲惫在堆叠的头发下，
生疏在镶边的礼服里，
仿佛被一切褶皱偷窥着，

满怀乡愁与懦弱的筹划，筹划着
该怎样使生活更宽广：
别样的，更真实，如小说里，
迷人而时乖命蹇，——

于是就可以将什么放入
首饰盒里，好让自己
在回忆的气味里沉沉睡去；
于是最终可以找到一个

起句，在日记里，没有因
书写变得毫无意义，变成谎言，
戴着玫瑰的一片花瓣
在沉沉而空虚的项链相框里，

相框卧在每一阵呼吸上。
于是总算可以从窗口招手；
这纤柔的手，新戴上戒指，
为此满足了数月。

镜前贵妇人[663]

如香料在一杯安眠的酒中，

她悄悄在液体般清澈的镜中
溶化她惫怠的神情；
她向里面做出完整的微笑。

她等待着那液体
从里面升起；然后她将头发
注入镜中，将奇妙的肩
从晚礼服里升起，

她静静吸吮着她的影像。吸吮着
陶醉中的恋人所吸吮的，
审慎地，充满不信任；她唤来

侍女，因为她在镜中的
背景里发现了灯、橱柜
和一个夜晚时分的混浊。

老妪

头发斑白的女伴们在今天的中央
喧笑着倾听着筹划着明天；
旁边冷漠的人们正迟钝地
权衡着她特殊的焦虑，

为何、何时与如何，
有人听见她说：我相信——；
但戴着她的蕾丝帽
她确信自己知道

她们弄错了，这个和每个。
下颌，在下跪时，
靠在了白色的珊瑚饰上，
珊瑚饰使方巾与额头相称。

但有一次，一阵大笑中，
她从跳动的眼皮下取出两道警觉的
目光，指向这坚硬的物体，
就像人从一个秘密的抽屉里
拿出继承来的美丽的宝石。

床

让她以为吧，让她以为在私人的
悲伤中正消溶着她在那里所否认的。
并无别处只有这里才是剧场；
拉起高高的幕布吧——：于是登台

走到夜的合唱队前，合唱队正开始
演唱一首无尽宽广的歌，
那一刻，他们躺着的那一刻，
她撕裂自己的衣服，开始自我谴责，

唯另一个，唯那时刻的缘故，
那自辩着，翻滚在背景里的时刻；
因为她无法用自己抚慰它。
但那时她吩咐自己面对那

陌生时刻：那时在她身上的，
是她曾在所爱的人身上找到的，
只是如此恐吓着如此巨大地被包含
又被取走，如从一个动物的里面。

陌生人[664]

毫无亲近者料想的那种谨慎，
他疲惫地要求他们别再追问，
他再次离开；离失，离弃——。
因为他留恋这样的旅夜

迥异于留恋每一个爱夜。

奇异地他一直醒着，
那铺满强大繁星的
狭窄的远方彼此分开，
如一场鏖战在变幻；

其他的，与散落在月光里的村庄
一道，仿佛与被递出的牺牲品一道，
献出自己，或者透过受保护的
公园显露出灰色的贵族居处，
那是他喜欢卑躬屈膝
小住了片刻的地方，
他更深地知道，人无处停留；
于是他已然在最近的弯道口再次
看见道路、桥梁、大地，一直
绵延到被人夸张的那些城市。

而始终不加欲求地听任这一切
迤逦前行，在他眼中更胜过他
生命的欲望、占有与荣誉。
但在一个个陌生的地方，他感到
被日日磨损的井石的一个凹槽
有时就像一份财产。

抵达[665]

这摆动在马车的转弯里吗?
在目光里吗?巴洛克式的天使雕像,
立在田间蓝色的钟旁[666],
充满了回忆,被人以这目光

接收、保留然后再次放开,而后,
城堡园林合拢着,拥挤在行驶的周围,
将行驶掠过,将行驶笼盖,
而后突然退还:因为大门在那里,

大门此刻,似乎在呼唤行驶,
迫使长长的建筑正面成为行驶所面对的
一个急转。一个滑行骤然向上发光,

向下行向玻璃门;而一只灵猩[667]冲出
玻璃门的开敞,将它近的侧面
搬离平滑的台阶。

日晷[668]

罕见地，湿漉漉的腐败传递出
一阵战栗，从花园荫影到圆柱，
荫影里，液滴彼此听着对方
坠落，一只候鸟发出叫声，
圆柱，在马郁兰和芫荽之中
矗立，指示着夏的时辰；

一旦贵妇人（有一个侍女
跟随）头戴浅亮的佛罗伦萨女帽
向圆柱的边缘俯身，
圆柱就变得荫翳、沉默——。

或者一阵夏季的雨
从高高的树冠波涌的运动中
出现，圆柱才暂时停歇；
因为圆柱不知如何表达
此后白色的花园房中骤然红艳
在果实画与花卉画里的时间。

睡罂粟[669]

旁边花园里盛开着恶的睡眠，
睡眠里那些，那些秘密闯入者，
找到了爱，属于年轻的镜影，
心甘情愿的、敞开而凹型的镜影，

找到了梦，梦带着激动不安的面具
出场，庞然地穿着厚底靴——：
这一切都凝固在这些顶上松软、
柔弱的茎秆，种子之瓮

（因为这些下垂着花蕾，长久地
意图枯萎）被茎秆紧裹着举起：
层层绽开着的抽穗的花萼，
狂热地将罂粟的容器围裹。

火烈鸟[670]

巴黎植物园

仿佛出自弗拉格纳尔[671]之手的倒影里，
它们的白与它们的红，却

不再秉有，似乎一个谈它的女友
的时候，向你展示说：她依然

因沉睡而温柔。因为它们攀升到绿色里，
它们立着，在玫瑰色的长腿上，一齐微微
转动，开花，如同立在花畦里，
它们引诱着，诱人得更胜过佛律涅[672]

本人；最后它们将眼睛的惨白
伸颈藏入自己的侧腹，
里面有黑色与果实红匿藏。

刹那间一声忌妒响彻Volière[673]；
它们却惊讶地伸展身躯，
一个个踱入幻象。

波斯向阳花

是可能的，玫瑰的赞颂让你
感到对女友太喧哗：拿起
那绣得美丽的香草吧，用
急切喁语着的向阳花否决

夜莺[674]，它正在投她所好，
嘶喊着赞美她却并不了解她。
因为看呐：甜蜜的词语夜夜在句子里
紧紧挤在一起，毫无任何分隔，
从元音醒着的紫色里发出，
香漫寂静的绣床——：

就这样缝制的树叶前，丝织的
柔荑上清晰的繁星合拢、
混合，于是她几乎模糊，
因带着香子兰、带着肉桂的寂静。

催眠歌[675]

假如有一天我失去了你，
你可还能睡去？如果没有
我像椴树的树冠
低语在你头上。

如果没有我在这里醒着，将
话语，几乎就像眼睑，
在你的乳峰，在你的四肢，
在你的嘴上轻放。

如果没有我将你锁住，
任你孤独地伴着你的一切，
就像花园伴着一丛
香蜂草和大茴香。

楼阁[676]

但即使透过绿色而
雨蒙蒙的玻璃的双扇门，
微笑着的姿态的一个镜影
与幸运的一片光依然可以觉察，
从前，在那门不再通达之处，
那幸运将自己隐藏、美化、遗忘。

但即使在石质花叶边饰里
在不再活动的门的上方
也存在着通向秘密的斜坡
与对秘密的静静的同感——，

门有时战栗着，如被游戏，
被一阵风阴霾地冲过；
还有纹章，如在一封信上，
蒙受太多的幸运，被仓猝封印，

依然在说。被惊走的是何等的少：
一切依然知道，依然哭泣，依然痛苦——。
离去中穿过被泪水打湿的、
被抛弃的林荫路

依然久久感受到在檐角之上
骨灰坛的伫立，冰冷，坼裂：
但是依然决心集合在
古老的“悲夫”之烬的四周。

劫持[677]

时常她孩子一样避开
她的婢女，只为夜与风
（因为它们在屋里是如此不同）
只为看见夜与风在外面开始；

虽然并没有暴风雨夜确定会
将庞大的园林撕成碎片，
但此刻暴风雨夜的确定撕碎了园林，

他从丝质梯子上将她拉下来，
扛着她继续，继续，继续……：

直到马车就是一切。

她闻到它，那黑色的马车，
那被追猎与危险抑制地
围立着的马车。
她发现它挂满寒冽；
而黑色与寒冽也在她身内。
她蠕动在自己的披风领下，
她摸了摸自己的发，似乎还在，
她陌生地听见一个陌生人说：
吾与汝同在。

粉色绣球花[678]

谁在猜想这粉色？谁还知道
这粉色聚集在这些伞形花序里？
如物在金色褪尽的金色里，
它们柔柔地褪尽红色，如被用尽。

它们却对这粉色无所企盼。
这粉色可为它们停留、从风里微笑而出？
天使们可在那里温柔地接受这粉色，
当这粉色消逝，慷慨如一缕芬芳时？

或者也许天使们也放弃了这粉色，
好让这粉色永不招致凋谢。
但是在这粉色之下一丝绿色已然
听从[679]，此刻正凋敝、正知晓一切。

纹章[680]

如镜，那，从远处携来，
无声向自身纳入的，是盾；
先是敞开，而后吞没
那生命之物的一个

镜像，那生命之物在家族的
宽度里安居，不再承担
它的物，它的真
（右在左边，左在右边[681]），

它所供认、说出、显示的真。
其上，以框与暗为铺饰，
星形盔静息着，缩短着，

羽饰，向上攀升，
护颈，如带哀叹，

富贵而激动地向下坠落。

独身者

灯在被弃的文件上，
周围夜远远进入橱柜的
木里。而他可能迷失于
此刻正与他一道熔化的他的家族；
他觉得，他越阅读，他就越拥有它们，
它们却拥有一切他的骄傲。

高傲地沿墙支撑着自己的
是空空的座椅，自我感觉种种完全
恹恹欲睡地使自己在家具里变宽；
夜从上方灌注到座钟里，
颤抖着流出座钟镀金的磨臼、
被碾磨得细碎的，是他的时间。

他没有拿起这个时间。似乎他正吸入
它身上的盐分，好在它下面
发着烧将其他时间拖开。
直至他进入耳语里；（什么让他感到遥远？）
他赞颂这些信件书写者中的一个，

似乎信就是写给他的：你怎么认识我的；
他兴高采烈地敲着扶手。
但镜子，里面更无边际，
悄然拉起一块帘幕，一扇窗——：
因为那里站着，几乎准备好的，是幽灵。

寂寞者[682]

不：一座教堂钟楼应该出自我的心，
我已经将自己置于钟楼的边缘：
何处曩昔无物更在，何处依然再有痛苦
与不可言说，依然再有世界。

依然有一个事物，孤独在
暗去复又明亮的超然巨大里，
依然有一张最后的、渴望着的脸
被驱逐进永－不－得－慰，

依然有终极的脸由石头而成，
心甘情愿于其内部的重量，
那静静将它否定的宽度，
强迫着它越来越幸福。

读者[683]

谁认识他，这位，将视线
从存在垂入第二个、
只是有时被快速翻页
暴力打断的存在？

即使他的母亲似也不确定，
是否他就是正在同自己醺然的
投影一同阅读的人。而我们，拥有时辰，
我们所知的是他被消减了多少，直到

他疲惫地抬眼：山毛榉下的一切
被目光举起放在身上，
那目光，不是攫取，而是给予地
撞向尽善尽美的世界：
仿佛独自玩耍的安静的儿童，
霎时间体验到现存之物；
但他的容貌，被整理过，
却永远保持着调整。

苹果园

Borgeby-Gård[684]

太阳落山以后就来吧，[685]
来看草地的黄昏绿；
不是吗，我们把它
长久积攒在心里，

只为此刻把它从感觉和回忆中
为新的希望、半忘怀的欣欢，
依然掺杂着发自内心的幽暗，
思忖着播撒在我们面前，

在如同出自丢勒[686]之手的树下，
那些把一百个工作日的重量
凝熟在满溢之果里的树，
效命地，满怀忍耐，试探地，就像

那一个，将超越一切尺度之物
不得不依然高举、依然递出的，
因为有人心甘情愿，以漫长的一生
仅仅欲求这一个，成长着，沉默着。

受命[687]

这时山顶他的藏身处，
他立刻认出的，是踏入的天使，
修直地，更喧响更明亮地燃烧：
于是他放弃一切要求，祈求

依然可以做他一直是的
因旅行而心内混乱的商人；
他从未阅读过——这样的一句话
此刻对于智者也实在太多。

但天使，威严地，指点又指点着
他，那纸页上写下的一切，
毫不让步，一再欲求：读。

于是他读着：这般，使得天使弓着身，
因此就有了一位*已经*阅读
*已经*掌握*已经*听闻*已经*践行的人。

山[688]

三十六次又一百次，

画师描绘了那座山，
远离，又再次趋往
（三十六次又一百次）

那无法把捉的火山，
幸福地，充满诱惑，全无建言，——
轮廓为衣穿戴在身，
却挡不住它的华美：

一千次从一切昼里浮出，
任无与伦比的夜从身上一个个
滑落，一切仿佛都缠身太紧；
瞬间用尽每一幅图画，
从形象攀升到形象，
漠然地，苍茫寥廓，全无意见——，
霎时间知情地，如幻影，
升起在每一道缝隙之后。

球

圆形者啊，你将温暖从双手中
在飞翔里，在上方，给出，无忧如
温暖本身；在对象之中

无法保持的，于对象而言太无负担，

无以满足少数的物与依然是物的物，
只为不从所有外面的成串者中
不可见地突然向我们身内滑入：
它滑入了你，你啊在坠与飞之间

依然毫无决断者：你，你上升时，
似乎将自己一同向上举起，
将抛掷劫持，然后释放——，俯身，
中止，向游戏者从上方
霎时间显示出一个新的位置，
将之仿佛调整成一个舞蹈造型，

只为然后，被所有人期待、期许地，
疾速、简单、无人工、全然自然地，
归为高举的双手那花萼所有。

童

无意识地他们长久注视着
他的游戏；偶尔圆形的
现存的脸踏出剪影，

清晰，完整，如完满的时辰，

扬起[689]，敲击到结束。
但是其他人却没有计算敲击，
因劬劳而混浊，因生活而迟缓；
他们根本没有觉察到他在背负——，

他背负了一切，甚至此后，始终地，
那时他疲惫地在小小的衣裳里，
在他们旁边如在候诊室中，
坐着，想要等待他的时间。

犬

那时上方，属于一个世界的画，
从目光里不断地更新、生效。
只是有时，秘密地，一个物出现，
停在它身边，当它从这幅画里

挤出，全然在下方，别样，如它此刻；
没有被赶出也没有被编列，
如在怀疑中将它的真实
交给那幅它已遗忘的画，

为了然后总是再一次将它的脸
伸进去，几乎带着一个乞求，
几近不理解，近乎赞同
但又弃权：因为它已不在。

圣甲虫护符[690]

星辰不就在你的近旁吗，
可为什么会有你并不包含的，
你完全无法包容这些
坚硬的圣甲虫红玛瑙的核，

也不将那压制了它们甲壳的
空间在你全部血液上
一同运载；那空间从未更温柔，
更亲近，更被给予。它静息着，

在这些甲虫身上已经数千年，
无一将那空间使用、干扰；
这些甲虫闭拢自己、恹恹欲睡
在空间摇曳称量着的重量下。

光轮中的佛

众中之中，万核之核，
扁桃，自我包含，自我成甜，——
这一切直至一切众星
是你的果肉：欢迎之至。

看，你感到无物再将你牵挂；
无限之中是你的果皮，
那里有强健的汁液，在拥挤。
一道光线从外面帮助着你，

因你的诸日全然在上方
布满，炽热地旋转。
但是你的里面已然开始，
承受这诸日之物。